난 칠리레드 오픈카를 살 거야

난 칠리레드 오픈카를 살 거야

공황과 함께 살아도 미래를 꿈꾸는 법

김정순 에세이

공황이 찾아왔을 땐,
그 누구에게라도 도움을 요청하세요.
의사 선생님, 가족, 친구, 직장동료,
그 누구라도 괜찮아요.
저는 공원을 산책하다 갑자기 숨쉬기가 힘들어
처음 보는 분에게 도움을 요청했습니다.

"죄송하지만 제가 지금 너무 힘들어요.
저 벤치까지만 손을 잡고 데려다주세요."

그렇게 저는 견뎌왔고,
예순셋인 지금도 아주 가끔 공황이 찾아오지만,
이제 다른 분에게 도움의 손길을 내밀 수 있는
여유롭고 우아한 사람이 되었습니다.

차례

CHAPTER 1

공황에 빠진
나를 연민하다

CHAPTER 2

오늘도, 나는
나를 사랑하다

CHAPTER 3

오늘도, 마음근육
하나가 생겼다

CHAPTER 1 ★ 공항에 빠진 나를 여미앟다

제1화

불안, 그 무례한 손님이 찾아오다

열아홉의 나는 매일매일 나의 일기장에 세 가지 소망을 적었다.

첫 번째, 사랑에 빠진 남자와 결혼하기

두 번째, 아버지가 원하는 중학교 교사되기

세 번째, 칠리레드 컬러의 오픈카 구입하기

내 나이 스물일곱에, 첫 번째와 두 번째 소원을 운 좋게 이루었다. 이제 세 번째 소원만 이루면 된다.

지금의 남편을 한편의 로맨틱 코미디 드라마처럼 만났다. 서울 토박이 남편을 경남 진주시의 한 나이트클럽에서 운명처럼 만나, 우린 미치도록 사랑해 결혼했다.

그리고 어릴 적 지독한 가난을 증오한 나는 월급을 따박따박 아버지께 드리고 싶어, 중학교 교사도 되었다.

오픈카 구입은 어릴 적 일요일마다, 언니와 '명화극장'을 보다 갑자기 생긴 꿈이었다. 지금은 영화제목도 잘 기억나지 않지만, 칠리 레드 컬러의 오픈카를 타고 파리 시내를 드라이브하는 남녀가 주인공인 영화였다. 그게 너무 멋져 보여, 언젠가 꼭 오픈카를 사고 싶었다. 그것도 꼭 칠리레드 컬러로.

나의 아버지는 의족을 하시고도, 새벽 네 시부터 저녁 열 시까지 세탁소 문을 여는 성실한 가장이었다. 하지만 엄마의 가출로, 우리 집의 평화는 박살이 나버렸고, 엄마의 도박 빚으로 부유했던 우리 다섯 가족은 조그마한 가게가 딸린 단칸방에서 월세도 없어, 매번 주인아주머니의 눈치를 살피며 하루하루를 겨우겨우 살아가야만 했다.

그때 내 나이, 열다섯이었다. 키가 또래보다 너무 작았고, 초경도 아직 하지 않았다. 하지만 나는 정신이 너무 건강했고, 몸도 너무 건강했다. 낙천적인 성격에, 무한긍정의 에너지가 늘 샘솟았다.

'언젠가 엄마는 돌아오실 거야. 외가가 부잣데, 빚은 갚아주겠지? 또 세월이 지나면 아버지가 저렇게 열심히 가게 일을 하시는데, 돈도 차츰 모이겠지. 그러면 이전 집으로 이사도 가겠지.'

하지만 엄마는 다시 돌아와도, 계속 도박 빚을 지며 같은 실수를 되풀이하였다.

내가 대학생이 된 이후에도, 엄마의 가출은 또 반복되었지만, 아버지는 여전히 엄마를 사랑했다. 난 그런 아버지가 이해가 되지 않았고, 엄마는 결국 돌아오지 않았다. 난 엄마의 결핍을 공부로 채워나갔다. 그 결핍 덕분에 난 공부를 곧잘 했고, 언니와 오빠와 남동생을 제치고 아버지의 사랑을 독차지했다.

세월은 화살처럼 빨라, 내 나이 이제 마흔둘이다. 가을이다. 난 매우 건강했고, 교직생활을 사랑했고, 내 가족, 남편과 수아와 민수를 여전히 사랑했다.

그날도 여느 날과 다르지 않았다. 칠판에 분필을 쥐고, '빛의 파동'을 설명하던 순간이었다. 아이들은 집중한 눈으로 나를 바라봤고, 나는 평소처럼 또록또록한 목소리로 미소까지 지으며 수업을 이어갔다. 하지만 내 안의 어딘가에서, 아주 작게, 금이 가는 소리가 났다. 그건 마치 유리잔에 머리카락 한 올만큼의 금이 가는 것처럼, 겉으로는 아무렇지 않아 보이지만, 그 금이 점점 퍼져나가면 결국 산산이 부서져버리는, 그런 예감이었다.

"선생님… 괜찮으세요?"

아이의 목소리가 멀게 들렸다.

내 시야가 좁아지고, 세상이 기울었다. 가슴이 쿵, 쿵, 쿵, 내 심장이 나를 세상 밖으로 내보내려는 듯 요동을 쳤다. 그다음은 기억이 희미하다.

하얀 형광등 아래, 아이들의 울먹이는 얼굴, 그리고 들려오던 '119'의 위급한 사이렌 소리. 그날 나는 교실에서 처음으로 무너졌다. 사람들은 말했다.

"과로 때문일 거예요."

"스트레스 좀 줄이세요."

그 말들은 다정했지만, 그 누구도 내가 그 순간 느낀 죽음의 그림자 같은 엄청난 공포를 같이 느껴주지 못했다.

그 후 일주일이 지나, 나는 다시 교단에 섰다. 대학병원에서 종합검진을 받았으나, 아무 문제점도 발견되지 않았다. 아이들의 반짝이는 눈빛, 분필 가루 냄새, 종이의 바스락거림은 모든 게 평소와 같았다. 하지만 내 심장은 이미 그 장소를 '두려움의 무대'로 기억하고 있었다. 수업이 시작된 지 10분쯤 지났을 때였다. 또다시 심장이 내 의지와 상관없이 폭주했다. 나는 아이들에게 등을 돌린 채, 칠판에 내가 써놓은 글자를 바라봤다.

'빛은 굴절한다.'

그 순간 그 문장이 이상하게 내 마음을 울렸다.

'나 역시 지금 물속에 담긴 나무젓가락처럼 완전히 구부러져, 지금 굴절되어 가고 있구나. 나 이대로 바로 죽을 수도 있겠구나…'

교단에서 두 번째로 쓰러진 날, 나는 깨달았다. 내 몸은 이미 오래전부터 신호를 보내고 있었다는 것을.

'이제 그만, 멈춰줘.'

'조금은 쉬어도 돼.'

'제발 쉬어줘.'

하지만 나는 멈추지 않았다.

아이들에게, 동료에게, 그리고 나 자신에게 '괜찮은 사람'으로 보이고 싶었기 때문이다. 그즈음의 나는 '교사는 절대 흔들려선 안 된다'고 믿었고, 내 흔들림이 아이들에게 불안으로 전해질까, 엄청 두려웠다. 그래서 나는 내 안의 불안에게 버럭 화부터 냈다.

"조용히 해. 나 지금 수업 중이야!"

하지만 불안은 순종적인 존재가 아니었다. 그것은 조용히 문을 두드리는 예의도 없이, 내 몸의 모든 문을 동시에 확 열어젖혔다. 난 속수무책으로 당했다. 그러다 어느 날 문득 생각했다.

"이 아이는, 나에게 왜 온 걸까? 나를 미워해서 온 걸까?"

그 순간, 남몰래 많이 울었다. 지금까지 남들보다 더 열심히 살았고, '부모가 무너지면 아이는 온 세상이 무너진다'는 교훈을 엄마의 부재로, 온몸으로 체험한 나는 나의 딸아이와 아들에게 최선을 다했다. 그리고 완벽한 교사가 되기 위해 새벽부터 밤 열시, 야간자율학습 감독까지, 온 힘을 다했다.

"그런데, 이렇게 열심히 살아온 나에게 상은 주지 못할지언정, 왜 자꾸 쓰러지게 하는 거야? 왜 이렇게 밤낮 주야를 가리지 않고, 나를 네까짓 불안에 벌벌 떨게 만드는 거야? 내가 그동안 뭘 잘못했니? 대답해 봐! 나 너무 억울해!"

나는 아파트 베란다에서 사람들이 다 들리게, 악다구니를 쓰며, 고함을 질렀다. 물론 아무 대답도 들을 수 없었다. 밤엔 30분도 제대로 자지 못했다. 신경이 예민해지고, 심장이 밤새 요동을 쳐서 미쳐버릴 것만 같았다. 밤새 지쳐 더 이상 견딜 수가 없었다. 나는 불안에게 자세를 바꾸어 도움을 청하기도 했다.

"나에게서 제발 좀 떠나 가주지 않겠니? 나 너무 힘들어."

그래도 불안은 예고도 없이 무례하게 찾아온다. 답답한 마음에, 여러 병원을 전전하며 종합검진을 받았으나, 아무런 문제점이 발견되지 않았다.

나는 점점 더 예민해지고, 체중도 줄어들었다. 어느 땐 너무 어지러워 복도에서 학생의 손을 잡고, 벌벌 떨며 교무실까지 겨우겨우 걸어갔다. 그 이후로 나는 마음의 태도를 바꿨다.

"그래, 죽기 아니면 까무러치기야. 네 마음대로 해봐."

이제 불안이 찾아오면, 나는 잠시 분필을 내려놓고 창문을 연다. 바람이 들어오면, 그 바람에 내 떨림을 함께 맡긴다. 그리고 속으로 조용히 말한다.

'그래, 또 왔구나. 하지만 이번엔 내가 널 맞이할 준비가 되어 있어.'

그렇게 조금씩, 나는 불안과 함께 살아가는 법을 배워갔다. 그것은 싸움이 아니라 대화였다. 불안을 몰아내는 것이 아니라, 그 불안 속에서도 우아하게 서 있는 연습이었다. 교단에 서면, 여전히 긴장감이 있다. 그리고 불안은 여전히 무례하지만, 나는 그 무례함 속에서도 이제 벌벌 떨지 않고 당당하게 맞서보려고 한다.

불안?

어쩌라고?

나는 여전히 아이들을 가르치고, 여전히 살아 있다.

『단발머리』
살면서 공황으로 몹시 힘들 때, 머리 감기도 힘들어 숏컷으로 머리를 잘라 버렸다. 공황 이전의 단발머리를 그리워하면서 그린 작품이다. 아메데오 모딜리아니 작품 '마게리타의 초상'을 모사하면서 큰 위로를 받았다.

나는 부서지지 않았다

60일의 병가…

마치 '휴식' 같아 보였지만, 실상 나에게는 두 달의 혼돈이었다. 학교를 떠난 첫날 아침, 나는 모처럼 늦잠을 자도 되는 자유를 느껴야 했다. 하지만 눈을 뜨자마자 들이닥친 건, 늦잠의 설렘이 아니라 설명할 수 없는 막막한 공포였다.

'지금도 숨이 막혀. 학교에 전화해야 할까? 아니야, 나 병가 중이잖아. 그런데 왜 이렇게 두렵지?'

나는 하루에도 몇 번씩, 아무 이유 없이 불안의 파도에 휩쓸렸다. 바람이 조금 세게 불면 창문이 깨질 것 같았고, 전화벨이 울리면 세상이 무너질 것 같았다.

남편은 생계를 이어야 했기에 불안에 쫓기는 나를 두고 어쩔 수 없이 회사에 나가야만 했다. 그가 회사에 출근해, 집안에 오로지 나 혼자밖에 없다는 사실은 나를 너무나 불안하게 만들었다. 그가 내 곁에 없다는 것만으로, 나는 마치 바닥이 없는 시커먼 블랙홀로 빨려 들어가 혼자 끝도 없이 추락하는 기분이었다. 그래서 하루에도 몇 번씩 남편에게 전화를 걸었다. 분명 이성적으론 안 된다는 걸 알면서도 제어가 되지 않았다.

　극심한 불안감으로 인해 몸이 벌벌 떨려와, 만약 아무것도 하지 않은 채, 이대로 있으면 아무 생각 없이 걸어가 베란다에서 추락해 떨어져 죽든지, 아니면 방바닥에 졸도해 그대로 싸늘한 시신으로 변하든지 둘 중 하나가 될 것 같아 미칠 것 같았다.

　"지금 뭐 해요?"

　"언제 끝나요?"

　"혹시 집에 잠깐 올 수 있어요?"

　남편은 처음엔 걱정스럽게, 그다음엔 다정하게, 그리고 나중엔 조금 지쳐서 대답했다.

　"여보, 괜찮아질 거야. 조금만 버텨 봐요."

　하지만 나는 그 '조금'이 얼마나 힘들었는지 모른다. 나에겐 남편 회사가 너무 멀리 있는 것처럼 느껴졌다.

　불안은 언제나 지금 내 옆에서 활활 불타오르고 있었다. 나의 아이들에게도 미안했다. 중학생 딸, 수아는 언제나 어른처럼 조용히 나를 살폈고, 아직 초등학생인 아들, 민수는 장난스러운 웃음으로 분위기를 바꾸려 애썼다. 그러나 나는 그들의 웃음조차 감당할 수 없었다. 집 안의 모든 소리, 심지어 냉장고 돌아가는 소리조차 나를 불안하게 했다. 결국 나는 집에 혼자 있을 수 없었다. 남편의 출근길에 매달리듯 말했다.

"여보 오늘은 제발, 나 혼자 두지 말아줘요. 제발요."

하지만 어떻게 남편까지 출근하지 않을 수 있겠는가? 불안감에 벌벌 떨던 그날 저녁, 나는 시어머님에게 급하게 전화를 걸었다.

"어머니, 혹시 며칠만 와주실 수 있을까요?"

수원에 계신 시어머니는 망설이지 않았다.

"에미야 내가 바로 갈게. 괜찮다. 다 지나간다."

어머니는 오시자마자, 장을 봐서 따뜻한 된장찌개를 끓여주셨다. 그 향기만으로도 눈물이 났다. 누군가가 내가 무너져도 괜찮다고 말해주는 느낌, 그게 얼마나 큰 위로인지 그때 처음 알았다. 어머니는 강인한 분이다. 수아를 낳고서, 아이를 돌보아 줄 사람이 없어 발을 동동 굴렀을 때도, 어머니는 나에게 1초의 망설임도 없이 아이를 키워주시겠다고 하셨다.

"에미야 너 사부인도 안 계시고 아이 맡길 곳도 없을 테니, 수원에 데리고 오너라. 내가 키워줄게. 그리고 주말에 보러오렴."

그렇게 갓난쟁이 딸아이를 여섯 살까지 키워주신 분이다. 나의 병세를 끝까지 다 들어주신 어머니는 남편의 이종사촌인 수간호사 언니에게 먼저 전화를 걸었다.

그분은 내 이야기를 잠시 듣더니, 단호하게 말했다.

"수아 엄마, 병원에 가야 해. 혼자 버티지 마. 이건 마음의 병이야. 절대 몸이 아니야. 종합검진에도 문제가 없다면 빨리 신경정신과로 가 봐."

그 말을 듣는 순간, 나는 처음으로 '이럴 때가 아니야. 나 스스로 나를 구해야겠다'는 생각을 했다.

며칠 뒤, 수간호사 언니가 소개해준 병원을 찾았다.

의사 선생님은 내 이야기를 한 시간이나 조용히 들어 주었다. 검사지도 작성했다.

"이건 공황장애예요. 친정어머니를 항상 그리워하는 마음이 아주 큰 결핍을 가져와 항상 선생님을 외롭게 했고요. 그 결핍 때문에 너무 완벽한 엄마, 완벽한 교사가 되려고 해, 지금 선생님에게 과부하가 왔어요. 과부하 자체도 혼자 견디기 힘든데, 돌아가신 친정아버지에게, 지금 가르치는 학생들에게, 동료 교사에게, 가족에게, 시댁 식구까지, 모두에게 칭찬받고 싶어 하는 '인정욕구'까지 합쳐져 선생님 마음을 고장 나게 한 것 같아요. 이제부터라도, 선생님 자신이 최우선인 삶을 살아 봅시다. 그리고 너무 완벽하게 살려고 하는 이전의 삶은 이제 안 됩니다. 천천히, 아주 천천히 자신을 먼저 다독이는 삶을 살아보는 훈련을 우리 같이 해 봅시다. 반드시 좋아질 겁니다."

그 순간 많이 기뻤다. 눈물이 줄줄 나왔다.

'아침부터 저녁까지, 학교 아이들과 집 아이를 모두 챙겨야 하는 숨 가쁜 나의 하루와 나의 이 고달픔을 처음으로 알아주는 사람이 있구나….'

그리고 드디어 처음으로 나의 병에 정확한 이름도 생겼다. 그토록 나를 불안하게 만들었던 병, 그것의 이름을 알게 되자, 막막하기만 하던 공포가 조금은 구체적인 존재가 되었다. 두렵지만, 이제 나의 불안에 관하여 사람들에게 인정받을 수 있는 구체적인 병명이 생긴 것이다.

리보트릴정

인데놀정

노르작캡슐

약물치료가 시작되었다.

하루 세 종류의 약이 내 몸의 폭주를 잠시 잠재웠다.

처음엔 다른 사람이 알까 봐 두려웠다.

'나는 약까지는 먹지 않아도 될 줄 알았는데… 이 나이에 나 자신의 정신력 하나도 스스로 조절하지 못해 약까지 먹어야 하나?'

하지만 곧 깨달았다. 약은 나의 패배가 아니라, 나 자신을 살리기 위해, 나 스스로 선택한 도움의 손길이었다는 것을. 그것은 결국 나를 살리는 길이었다. 나는 조금씩, 다시 일상으로 비집고 들어왔다. 햇살이 커튼 사이로 들어올 때, 그건 단순한 빛이 아니라 희망의 빛이었다.

커피를 내리는 시간, 그 잔을 들고 창문 앞에 서 있는 나를 발견했다. 그때 나는 나에게 속삭였다.

"아, 나 아직 살아 있구나, 지금 이 순간, 나, 오랜만에 불안하지 않고, 조금 행복해."

그리고 두 달 후, 학교에서 전화가 왔다.

"선생님, 복귀하실 수 있을까요?"

나는 잠시 숨을 골랐다.

'아직 두렵다. 하지만… 학교 아이들도 보고 싶고, 그리고 월세방에서 가난하게 출발한 우리에겐 아파트 대출금도 있고, 수아랑 민수 학원비도 달마다 결제해야 하잖아…. 별 수 없잖아….'

다시 교실 문을 열던 날, 아이들의 얼굴이 파도처럼 밀려왔다. 아이들의 웃음, 떠드는 소리, 오랜만에 맡아지는 과학실의 화학약품 냄새, 모든 게 다시 고스란히 내게 돌아왔다. 그날 나는 수업을 시작하기 전에 잠시 멈췄다. 그리고 속으로 중얼거렸다.

'나는 반드시 일상으로 복귀할 거야. 나는 아직 부서지지 않았어. 잠시 흔들렸을 뿐이야.'

그 이후로도 나는 여전히 불안을 느낀다. 하지만 이제는 두려워만 하지 않는다. 공황이 다시 찾아와도, 나는 그 속에서 숨을 고르고 또다시 교실을 향해 걸어간다.

그리고 아이들을 향해 미소를 짓고 오늘 배울 단원의 첫 페이지를 다 같이 연다. 나는 매사 최선을 다하는 열정형 교사였다. 아이들은 또랑또랑한 목소리로 나의 질문에 곧잘 대답도 잘하고, 과제도

잘해와 난 폭풍 칭찬을 해준다.

공황을 겪으면서 나는 어느새 내 안의 작은 흔들림까지도 차분하게 안아주는 법을 배웠다.

그리고 공황 이전의 나는, 아이들의 학습능력인 성적만 무조건 강요한 교사였다면, 지금의 나는 이제 아이들의 마음을 먼저 헤아릴 줄 아는 공감형 교사가 되었다.

공황장애?
어쩌라고?

난 잠시 흔들렸지만, 여전히 우아하게 지금 이 순간도 불안을 이겨내며, 조금씩 성장하고 있다.

명희와 함께 있는 학교는 두렵지 않다

복귀 첫날 아침, 나는 아이들의 새하얀 교복 블라우스보다 더 단정한 마음으로 출근 준비를 했다. 거울 속 내 얼굴은 한결 말랐지만, 다행스럽게도 눈빛만은 단단해 보였다.

'괜찮아, 오늘은 절대 흔들리지 않을 거야. 나 잘 할 수 있어. 오늘, 복귀 첫날이잖아.'

스스로에게 주문을 걸며 교무실 문을 망설이고 또 망설이다 용기를 내어 열었다.

"선생님, 돌아오셨네요!"

"선생님 보고 싶었어요!"

익숙한 동료들이 나를 반겨준다.

나는 미소로 대답했지만, 사실 손끝이 약간 떨리고 있었다. 아니,

온몸이 모두 떨리고 있었다.

선생님들과의 악수와 포옹을 겨우 끝내고, 교무실 오른쪽 끝에 위치한 내 자리로 가 컴퓨터를 오랜만에 켜고, 수업 준비를 마쳤다. 첫 수업 종이 울렸다. 칠판 앞에 서자마자, 숨이 조금 가빠졌다. 하지만 마음을 다잡았다.

"오늘은, 산소와 이산화탄소의 서로 다른 성질을 배워볼게요."

입에서 나온 목소리가 내 것 같지 않았다. 하지만 아이들은 아무렇지 않게 웃고 떠들었다. 오히려 그 평범한 소음이 나를 다시 일상으로 끌어올렸다. 수업이 끝나자, 복도 끝에서 동료 교사이자 나의 대학 동기인 절친, 윤명희가 다가왔다.

그녀는 아무 말 없이 내 손등을 톡 치며 말했다.

"힘들었지? 다시 돌아와 너무 좋아. 잘 버텼어."

그 말 한마디에 참았던 마음이 무너졌다. 누군가 내 안의 치열한 싸움을 알아봐 준다는 건, 그 어떤 치료보다 큰 위로였다. 순간 참았던 눈물이 와르르 쏟아졌다. 명희는 조용히 눈물을 닦아주었다.

그날 저녁, 반 아이들의 종례를 끝내고, 기진맥진한 몸으로 집으로 돌아와 소파에 주저앉았다. 거실 조명 아래에서 따뜻한 차를 마시며, 나는 오늘의 나를 천천히 돌아봤다.

'나, 다시 교실에 섰구나. 나 다시 일상으로 돌아왔구나. 나 드디어 해냈구나. 나 너무 대견해. 이거 꿈 아니지?'

사실 병가 중 가장 두려운 것이 '일상으로 복귀하지 못하면 어떡하지?' 하는 걱정이었다. 그 단순한 사실 하나만으로 눈물이 났다. 하지만 평화는 오래가지 않았다. 복귀한 지 한 달쯤 되던 날, 갑자기 숨이 막히는 듯한 공황이 다시 찾아왔다. 수업 중 칠판을 바라보는데, 눈앞이 하얗게 흐려지고 귀가 먹먹해졌다. 그리고 어지러웠다.

"선생님 괜찮아요?"

학생들의 목소리가 멀게 들렸다. 나는 교탁을 잡고 가까스로 몸을 지탱했다. 숨을 고르며, 마음을 다잡았다.

'지금 쓰러지면 안 돼. 천천히, 천천히….'

나는 아이들에게 잠시 양해를 구한 뒤, 휴대한 텀블러를 꺼내 호주머니에 들어있는 알약을 꺼내 삼켰다. 그리고 크게 숨을 쉬었다.

갑자기 교실 뒤쪽 창문에서 바람이 들어와 커튼을 흔들고 있었다. 흔들리는 커튼이 마치 나 자신 같아 아이들 앞에서 그만 눈물을 보이고 말았다.

"선생님 몸이 좋지 않으면, 오늘은 앉아서 수업하세요."

2학년 7반 반장, 지영이가 나를 살렸다. 지영이의 부축을 받은 난, 의자에 앉아 잠시 숨을 돌렸다. 다행스럽게 얼마 지나지 않아 원래 컨디션을 회복한 나는 수업을 제대로 마칠 수 있었다. 등에는 식은땀이 줄줄 흘러 내렸다. 쉬는 시간, 복도로 나가 앉아 있자, 윤명희가 살며시 다가와 물었다.

"또 왔니? 그놈의 공황장애?"

나는 고개를 끄덕였다. 그녀는 커피를 내밀며 말했다.

"차차 괜찮아질 거야. 정순아 그냥… 오늘은 쉬엄쉬엄해. 첫날이잖아."

"명희야 고마워. 근데, 나 의사 선생님이 커피도 마시지 말래."

"뭐? 커피도 못 마시는 병이야?"

"응 앞으로는 차 마시려고…."

"우리 집에 부모님이 보내준 좋은 차 있어. 너 알지? 우리 부모님 하동에서 녹차 재배하시잖아. 내일부터 내가 차는 책임질게. 그리고 수업 힘들면 언제든 얘기해. 내가 도와줄게."

그 말은 구원 같았다.

공황은 사라지지 않았지만, 그 순간 나는 혼자가 아니었다. 명희가 나의 불안을 두려워하지 않고 함께 서 있어 주었다. 그 사실 하나로 마음이 많이 따뜻해졌다. 그날 이후 나는 깨달았다. 공황이나 불안은 혼자 버티는 게 아니라, 때로는 친구에게 의지도 하고, 두려움 속에서도 주변의 도움을 받으며 이겨나가려는 마음에서 온다는 것을 말이다. 그리고 명희의 현명한 조언을 그대로 행동에 옮겼다. 나는 담임을 맡고 있던 반 아이들에게도, 학교 아이들에게도 즉시 "선생님이 지금 공황이라는 병을 앓고 있어. 너희들이 좀 도와줘"라고 솔직하게 이야기하고, 도움을 요청했다. 때로는 무너지고, 다시 공황이 일어나고, 또 흔들리더라도 그 모든 과정이 내 안의 단단함을 만들어가는 시간이 되어주었다.

나는 아직도 매일매일 두려움에 떨지만, 이제는 그 떨림 속에서 아주 가끔 미소도 지을 수 있다. 내가 다시 교실에 서 있다는 것, 그리고 나를 믿어주는 사람들이 곁에 있다는 것, 그 자체가 이미 하나의 우아한 기적이었다. 기적은 멀리 있는 것이 아니었다. 나에게도 이미 일어나고 있었다.

제4화

도움을 요청하다

수업을 겨우겨우 마치고 버스를 타고 집으로 돌아오는 길, 차창 밖으로 스치는 가로등 불빛이 마음에 스며들었다. 예전엔 전혀 느끼지 못했던 작고 사소한 풍경이 나의 힘든 마음을 보듬어 주었다. 이 작은 감각들이 나를 다시 살게 해주었다.

'차가운 바람과 따뜻한 차와 부드러운 달빛, 명희의 따뜻한 위로.'

이 모든 것이 나를 다시 세상으로 연결해주는 아름다운 통로가 되어 주었다. 하지만 우리 집 아이들은 여전히 내 안의 불안을 감지하고 늘 우울해했다. 수아는 침묵 속에서도 항상 내 기분을 살피고, 민수는 일부러 짓궂은 장난으로라도 나를 웃게 하려 애썼다.

나는 그들의 노력이 부담스럽고 미안했다. 그럼에도 불구하고 점점 아이들의 일상 속으로 들어가지 못하고 자꾸 멀어지고 있다는 사실에 마음이 아팠다.

　그래서 아이들에게도 나의 공황 사실을 솔직하게 말하고 싶은 충동을 자주 느꼈다. 남편은 여전히 내 곁을 지켜주었다. 이제는 불안을 느낄 때마다 남편에게 도움을 청하는 것이 더 이상 부끄럽지 않았다. 그는 내 불안을 부담으로 느끼지 않고, 그저 조용히 나를 지켜주었다. 그 사실 하나만으로도, 나는 다시 세상을 견딜 힘을 얻었다.

　약물치료와 상담을 병행하면서, 나는 나를 다시 배우는 시간을 가졌다. 매일 아침 스스로에게 물었다.

　'오늘의 나는 어떤 감정을 느낄까?'

　'오늘은 나에게 불안은 몇 번 찾아올까?'

　나는 처음으로, 불안을 억누르지 않았다. 그 대신, 불안을 관찰하고 이해하는 연습을 시작했다. 숨이 가쁘면 숨을 고르고, 심장이 빠르게 뛰면 마음을 달래고, 손끝이 떨리면 그 떨림마저 그냥 받아들였다. 나는 명희에게 말을 걸듯, 스스로에게 말을 걸었다.

　그 과정은 놀라울 정도로 편안했다.

　불안 속에서도 명희가 건넨 차를 과학준비실에서 내리고, 이번 주에 수업할 학습지를 체크했다. 맡은 업무를 책임감 있게 해내며 교실에 앉아 반 아이들을 바라보았다. 그 아이들이 하루하루 성장해가듯, 나 역시 조금씩 성장하고 있다는 사실을 깨달았다. 우아함은 완전함에서 오는 것이 아니다. 흔들리는 순간에도, 완전히 무너질 듯한 순간에도, 그저 나를 포기하지 않고, 조금씩 다시 일으켜 세우는 태도에서 온다. 나는 오늘도 그렇게 나를 배운다. 불안이 찾아오더라도, 나는 숨을 고르고, 가만히 내 마음을 살핀다. 약간의 불안과 함께 살아가는 법을 배우며, 나는 교실을, 가족을, 그리고 나 자신을 따뜻하게 안아 주었다.

그날 밤, 나는 우리 집 아이들에게도 내가 겪고 있는 '공황'이라는 병을 설명해주고, 학교 아이들에게 그랬듯 똑같이 도움을 요청했다.

공황장애?
어쩌라고?

난 가족들의 관심과 보호 속에 오늘도 우아하게 수업을 하고 있다.

제5화

인정욕구를 버리다

불안이 가장 깊어질 때, 나는 늘 혼자라고 느꼈다. 사람들 사이에 있어도 고립된 느낌, 말로 설명할 수 없는 공허함이 매일 파도처럼 밀려왔다. 하지만 수원에서 한 달에 한 번 만나는 그 푸근한 인상의 의사 선생님은 내 마음의 홍수에 조용히 둑을 쌓아주는 사람이었다.

상담실에 앉아 그에게 말을 건네면, 평소엔 꺼내지 못하던 문장들이 자연스레 흘러나왔다. 억지로 설명하지 않아도, 말이 엉켜도, 중간에 잠시 울컥해서 멈춰도, 그는 내 페이스에 딱 맞춰 기다려주었다. 그가 해준 말들은 거창하지 않았다. 하지만 그 말들은 언제나 불안으로 날뛰는 나의 심장을 천천히 정상으로 만들어 주었다.

"그 정도 힘들었으면… 쓰러지는 게 이상한 게 아니죠."

"그 상황이면 누구라도 상처받아요."

"선생님은 잘하고 있어요. 너무 잘 버티고 있어요."

그 몇 마디로 나는 4주 동안 살아갈 힘을 다시 찾았다. 마치 얼어붙은 마음을 녹이는 난로처럼, 그는 과장 없는 따뜻함으로 나를 감싸주었다.

상담을 마치고 돌아오는 길엔, 늘 이런 생각이 들었다.

'아, 나는 이제 혼자가 아니구나.'

그 사실 하나가 나를 다시 살아가게 했다.

불안은 여전히 시도 때도 없이 나를 찾아오지만, 이제 나를 완전히 무너뜨리지는 못한다.

내 말을 온전히 이해해주고, 꾹꾹 눌러두었던 그동안의 내 내면의 깊은 소리를 모두 들어주는 단 한 사람이, 수원 병원에 존재한다는 사실만으로도 나의 삶의 무게는 아주 많이 가벼워졌다.

사람은 큰 위로가 필요할 때보다, 작은 이해가 필요한 순간이 훨씬 더 많다는 사실을 이제 나는 안다. 누군가가 "그럴 수 있어요"라고 말해주는 순간, 우리는 다시 숨을 쉬기 시작한다. 그리고 그 숨 하나가, 나의 하루를 우아하게 다시 시작하게 도와준다.

쉰일곱에, 내가 살고 있는 진주시로 병원을 옮겼다. 수원 선생님이 안식년을 갖게 되면서 갑작스러운 공백이 생겼기 때문이다. 15년 동안 한 달에 한 번씩 꼬박꼬박 찾아가며 많은 위로를 받았던 수원 병원에 이별을 고해야 했다. 서운함이 있었는지, 돌리는 발걸음이 무거웠다. 이제, 집에서 아주 가까운 진주 병원이 나의 안식처가 되어 준다. 한 달에 한 번, 이번엔 '곰돌이 푸'처럼 넉넉하고, 교회 오빠 같은 모범생 이미지의 선생님이다. 늘 유쾌한 의사 선생님을 만나는 날이면 나는 조금 일찍 집을 나선다. 마치 오랜만에 따뜻한 지인을 만나러 가는 마음처럼 발걸음이 가볍다.

그의 진료실 문 앞에 서 있는 것만으로도 이상하게 숨이 편안하게 쉬어진다. 문을 열면 가장 먼저 눈에 들어오는 것은 하얀 이를 드러낸 선생님의 미소이다. 그 미소 하나로 '괜찮아요, 오늘도 잘 오셨어요'라고 말해 주는 것 같아 마음속에 늘 곰팡이처럼 딱 붙어있던 불안의 주름이 다림질을 한 번 한 것처럼 스르르 펴지며 어느새 사라져 버린다.

나는 늘 같은 자리에 앉는다. 말로는 설명하기 어려운 내 심장의 떨림, 타인에게 너무 자주 긁혀 생긴 마음의 흉터, 이유 없이 무너지던 하루들. 이런 것들을 세상 어디에서도 꺼낼 수 없었는데, 그 앞에서는 이상하리만큼 힘이 덜 들어간다.

나는 주저리주저리, 일상의 힘든 순간들을 쏟아붓고, 그는 차분하게 경청하고, 그리고 아주 짧게 대답해 준다.

"그럴 수도 있죠. 그 상황이라면 누구라도 흔들렸을 거예요."

그 말 한마디면 한 달 동안 내 어깨를 짓누르던 수많은 고민의 알갱이들이 '톡' 하고 상담실 바닥으로 떼구루루 굴러떨어진다.

그는 내 삶을 바꾸지 않았다. 단지 내가 나를 바라보는 시선을 조금씩 덜 날카롭게, 덜 무겁게 만들어주었을 뿐이다. 하지만 그 작은 변화가 얼마나 큰 기적을 가져왔는지 모른다. 하루 종일 가슴 밑바닥에서 울리던 불안의 진동이 상담 후에는 조용히 가라앉는다.

'아, 그래. 나는 살아도 되는 사람이구나. 불안감에 아직도 조금 흔들리지만, 나 혼자 감당할 힘이 이제 생겼어' 하는 단순하고도 강력한 안도감이 나를 감싼다. 상담실을 나오는 길에는 언제나 같은 다짐이 떠오른다.

'숨을 억지로 참지 말고, 급하게 살 필요 없이, 내 방식대로 천천히 살아도 괜찮아.' 누군가에게 속도를 맞춰야 한다는 부담도, 이해받지 못할까 두려워 삼켜버리던 말들도 이제는 조금씩 풀려 나간다. 힘들 때마다 마음속에서는 선생님의 목소리가 다시 울린다.

"괜찮아요. 그럴 수도 있어요."

그 짧은 문장이 내 삶의 새로운 호흡법이 되었다.

이제 남에게 모두 인정받고 싶은 '인정욕구'는 과감하게 버렸다. 그렇게 상처가 아물어가는 사람은 우아해진다. 우아함은 고고함이 아니라, 자기 자신을 존중하는 잔잔한 힘이다. 한 달에 한 번, 나는 그 힘을 다시 공급받는다. 그리고 그 덕분에 오늘도 조용히, 하지만 단단하게 하루를 살아낼 수 있다.

제6화

작은 평화가 찾아오다

학교에서 집으로 돌아오면, 여전히 마음 한구석이 조용하지 않다. 공황이 찾아올 때면, 교실 아이들의 웃음과 장난이 많이 부담스럽다. 수아는 예민한 아이다. 그 아이는 늘 나의 불안한 모습을 알아채고 초조해한다. 장난꾸러기 아들 민수도 그런 나를 보면, 금세 긴장한 얼굴로 바뀐다. 그 모습을 볼 때마다 엄마인 나는 속이 많이 상한다. 그럴 때마다 아이들에게 많이 미안했다. 하지만 이제는 달라지기로 했다. 이제 나의 불안을 부정하지 않고, 수아와 민수에게도 나의 현재 상태를 거짓 없이 알리기로 마음먹었다. 그리고 나의 현재 상태를 알리며, 이유 없는 불안에 힘들어하는 엄마를 조금만 봐달라고 아이들에게 부탁했다. 마음이 조금 후련하다.

내일은 나의 생일이다. 그동안 우리는 매번 돈을 아끼느라, 남편과 나의 생일은 건너뛰기 일쑤였다. 심지어 미역국도 건너뛰었다. 우리는 0원에서 출발했기에 남들보다 더 많이 절약하고, 허리띠를 졸라매어야 했다.

가끔 남편은 시댁에서 '노랭이', '자린고비' 소리를 듣는다. 그럴 때마다 가슴이 저려온다.

'이렇게 절약해야 우리 네 가족이 같이 살 아파트를 가질 수 있는데, 조금만 이해해주세요.'

남편은 웃고 넘기지만, 속상한 그의 마음을 나는 잘 안다. 신혼 초, 우리는 전세보증금이 없어 월세방에서 출발했다. 부엌이 너무 좁아 두 사람이 서 있기도 힘이 들었다. 하지만 우리는 뭐가 그렇게 좋았는지, 늘 얼굴만 마주치면 '까르르' 소리 내어 웃었다.

남편은 청소, 빨래, 요리, 모두 다 잘하는 육각형 신랑이었다. 신혼집에서 도보로 5분 거리에 살고 있는, 소문난 살림꾼인 친정 언니가 신혼집을 둘러보고, 남편의 살림 솜씨에 혀를 내두를 정도였다. 반면, 살림이라곤 아무것도 하지 못하는 나를 보곤, 언니는 남편에게 미안한 얼굴로 부탁했다.

"제부, 우리 정순이는 살림을 정말 못해요. 그래도 예쁘게 봐주세요. 매일 공부하느라 살림 배울 시간이 없었어요. 그리고 주말에는 제가 국을 끓여 가져다 둘게요. 그걸로 1주일을 먹어봐요, 맛은 장담할 수 없지만. 참, 제부는 무슨 국을 좋아해요?"

언니는 어린 나이에 엄마 대신 우리 집 살림을 도맡아 해, 음식솜

씨가 매우 좋았다.

"언니, 우리 신랑은 해물전골을 제일 좋아해. 호호호."

철없는 난, 언니에게 매번 반찬 신세를 지고도, 용돈 하나 넉넉하게 주지 못했다. 언니의 용돈 거절을 당연하게 받아들였다. 언니에게 난 너무 철없는 동생이었다.

하지만 딸과 아들의 생일에는 롯데리아에서 친구들과 파티를 꼭꼭 해주었다.

공황 때문인지, 이번 생일인 오늘만큼은 그냥 보내는 것이 난 몹시 서러웠다. 생일날 오후도 나는 거실 소파에 앉아 천천히 차를 내렸다. 아이들은 학원에 가고, 남편은 직장에서 아직 일하는 중이다.

생일날 저녁 6시, 시어머니께서 아무 연락도 없이 수원에서 내려오셔서 부엌에서 조용히 미역국을 끓여 주셨다. 그 풍경 하나가 내 마음을 완전히 풀어주었다.

'여기, 지금 이 순간만큼은 나는 공황이 다 나아버렸다. 가족이란 얼마나 소중한 것인가? 어머니 감사합니다.'

어머니의 따뜻한 배려가 얼마나 큰 위로가 되었는지 모른다. 그날 나는 다디단 잠을 실로 오랜만에 누렸다.

그날 밤, 시어머니와 함께 차를 마시며 말했다.

"어머님, 전 이제 공황이 와도 혼자가 아니에요. 어머니는 그 긴 세월을 살아오시면서, 저처럼 이렇게 병이 나거나 힘드실 때 어떻게 이겨 내셨어요? 저 이제 마흔둘인데, 세월이 빨리 훌쩍 흘러 어머니 나이가 되었으면 좋겠어요."

"에미야, 나는 힘들 때마다 교회에 나가서 기도를 했지. 난 그걸로 모두 다 이겨냈지."

"어머니 그럼, 저도 이제부터 교회에 나가볼까요?"

그 말에 어머니는 미소를 지었다.

"그럼, 네가 원하면 가까운 곳에 있는 교회에 한번 나가봐. 그리고 네가 불안할 때 항상 가족이 옆에 있잖아. 그러니 이제 안심해도 돼. 그리고 연락만 하면 나도 바로 달려올 것이고, 그러니까 앞으로 아무 걱정 하지 마라. 우리 함께 버티면 된다. 그리고 약 잘 챙겨 먹고. 에미야 생일 축하한다!"

그때 나는 깨달았다. 회복은 혼자가 아니라, 가족과 함께하는 것에서 온다는 것을 절실히 느꼈다.

공황은 여전히 나를 흔들어대지만, 가족과 함께라면. 어머니와 함께라면, 그 흔들림 속에서도 얼마든지 중심을 잡을 수 있다.

나의 집, 작은 평화가 마치 곳간에 있는 쌀알처럼 아주 조금씩 쌓였다. 그와 함께 불안을 바라보는 나의 태도도 이전과는 달라졌다. 두려움은 여전히 존재하지만, 이제 나는 그 속에서도 감히 미소를 지을 수 있다.

이것은 나에게 너무도 큰 발전이다. 우아함은 더 이상 먼 곳에 있지 않았다. 이제 나는 혼자 공황과 마주 싸우지 않아도 된다. 딸아이에게, 아들에게, 남편에게, 그리고 어머니에게 언제든 도움의 손길을 요청하면 된다.

제7화

엄마, 공황으로 죽을 수도 있어요?

어쩔 수 없이 여학교 근무 연한이 넘어, 나는 옆 학교인 남학교로 전근을 가게 되었다. 명희와 떨어지는 것이 너무 불안하고 싫었다. 그리고 남학교라는 사실도 큰 부담이었다. 첫 출근 날의 두근거림이 다시 공황으로 이어질까 봐 몹시 두려웠다.

교실 문을 열고 들어서자, 생소한 남학생들의 얼굴과 웅성거림이 내 귀를 스쳤다. 익숙하면서도 낯선 이 공간은 내 마음을 동시에 흔들었다. 학생들은 새로 전근 온 과학교사를 향한 호기심과 반가움으로 미소를 지었지만, 내 손은 여전히 조금 떨리고 있었다. 심장은 빠르게 뛰었고, 가슴 한쪽이 답답했다.

나는 속으로 나에게 주문을 걸었다.

'괜찮아, 천천히, 하나씩 해 왔던 대로 하면 돼. 남학생이면 어때?

다 똑같은 학생이야.'

남학생들과의 첫 수업, 칠판 앞에 서서 아이들과 눈을 마주친 순간, 다시 불안이 훅하고 찾아왔다. 숨이 가빠지고, 순간 머릿속이 하얘졌다. 아이들은 아무렇지 않게 수업을 듣고 있었지만, 나는 그 평온함 속에서 마치 타인이 된 기분을 느꼈다. 쉬는 시간, 교탁 뒤에 앉아 숨을 고르며, 나는 내 안의 공황과 대화하기 시작했다.

'왜 지금 떨리는 거지? 남학교가 오랜만이어서? 아니면 아직 회복이 덜 된 거야?'

그 속삭임 속에서 나는 스스로를 판단하지 않기로 했다. 그저 느끼고 인정하는 것이 회복의 시작임을 깨달았다.

드디어 쉬는 시간, 과학준비실 복도에서 나를 기다리고 있던 아주 밝은 표정의 여자 교사가 성큼성큼 다가왔다.

"선배님, 안녕하세요? 저 과학과 후배 이은진입니다. 윤명희 선배님께 들었어요. 선배님도 공황장애가 있으시다고요. 저도 공황이에요. 우리 같이 잘 버려 봐요. 저는 공황을 선배님보다 먼저 시작했어요. 공황만큼은 제가 선배예요."

'공황'을 아주 밝은 얼굴로 용감하게 툭 던지듯 말하는 과학과 후배, 이은진 선생님의 담담한 고백에 깜짝 놀랐지만, 순간 마음이 한결 가벼워졌다.

공황을 앓고 난 후, 나는 처음으로 나와 같은 병으로 치료받고 있는 후배 교사와 같이 근무하게 되었다.

'그래 요즘 공황을 앓는 사람이 많아. 다들 잘 이겨 내잖아. 나도

얼마든지 할 수 있어.'

이은진 선생님 덕분에 나는 갑자기 조금 용감해졌다.

그러나 수업 중에도 자주 불안이 찾아오곤 했다. 칠판에 글씨를 쓰다 갑자기 숨이 가빠지고, 손끝이 떨릴 때면 잠시 멈추고 심호흡을 했다.

'괜찮아, 지금 이 순간도 지나갈 거야. 이은진 선생님도 어느 교실에서 나처럼 이렇게 순간순간을 견디며 수업을 하고 있을 거야. 나도 얼마든지 이겨 낼 수 있어.'

아이들에게 아무렇지 않은 척, 양이온과 음이온에 관한 설명을 하면서, 내 마음속에서는 작은 주문을 반복했다. 그 과정에서 새로운 사실 하나를 발견했다. '불안은 완전히 사라지지 않아도 된다는 것.'

"선배님, 저 지금도 항상 불안해요. 하지만 이겨나갈 수 있어요. 그리고 불안이 갑자기 그렇게 싹 사라지겠어요? 그 녀석도 시간이 필요하겠죠?" 늘 밝고 활달하게, 그러나 따뜻하고 현명한 조언을 건네던 씩씩한 이은진 선생님 덕분에, 나는 오히려 남학교라는 낯선 공간에서 중심을 다잡을 힘을 많이 얻었다. 불안 속에서도 중심을 잡고, 아이들을 여유롭게 바라보며, 늘 하듯 '물의 전기분해'를 설명하는 것만으로도 나는 이미 우아하게 하루하루를 잘 보내고 있었다.

퇴근길이었다. 주차장에서 이은진 선생님을 만났다.

"선배님, 산책은 하세요? 저는 하루에 30분 이상 꼭 산책을 해요. 그 후로 컨디션이 훨씬 좋아진 것 같아요. 선배님도 오늘부터 꼭 시작해 보세요. 그리고 또 좋아하는 취미활동도 해보세요. 전 그림이 좋아 요즘 주말에 미술 학원에 나가고 있어요. 좋은 것 같아요. 저 아직 미혼이라 시간이 많거든요. 그리고 저 선배님보다 다섯 살이나 어려요. 사석에서는 '은진아'라고 불러주세요. 저 외동이라 항상 선배님같은 언니가 한 명 있었으면 했거든요."

나는 그때부터 사석에서는 '이은진 선생님'을 '이은진'으로 불러주었다. 이은진은 볼 때마다 '공황'을 겪고 있는 사람이라기보다, 삶을 단단하게 살아가는 사람처럼 느껴졌다. 늘 여유롭고 발랄했다. 이은진의 값진 조언 덕분에 나는 바로 산책을 시작했다.

처음엔 나 혼자서는 불가능했다. 혼자 걷다 공원 어디에선가 쓰러져 죽을 것만 같아 몹시 두려웠다. 그래서 늘 가족의 도움을 받아 함께 했다. 처음에는 '비틀' 어지럼증을 느껴 불안 불안했으나 점점 컨디션이 좋아졌다. 딸아이, 수아와 함께 걷는 산책은 종달새와 같이 걷는 것처럼 행복했다. 딸아이는 학교에서 있었던 모든 일들을 종달새마냥 재잘댔다. 딸은 갑자기 걸음을 멈추고 심각한 표정으로 나에게 물어왔다.

"엄마, 공황으로 죽을 수도 있어요? 나 엄마 죽는 거 싫어요. 나 결혼할 때 엄마랑 아빠가 다 같이 있었으면 좋겠어요."

갑작스러운 딸아이의 질문에 난 딸아이를 먼저 안아주었다.

"수아야, 엄마는 이 병으로 절대 죽지 않아. 그리고 너의 결혼식에 이 엄마가 꼭 옆에 있을게. 약속해."

수아는 흘러내리는 눈물을 손으로 훔쳐가며, 나에게 새끼손가락을 내밀었고, 나도 뺨으로 뚝뚝 흘러내리는 눈물을 재빨리 왼손으로 훔쳐내고, 1초의 망설임도 없이 수아의 손가락에 나의 새끼손가락을 걸어 주었다.

초등학생인 아들, 민수와 함께 걷는 산책은 씩씩했다.

"엄마는 나중에 죽으면 사람으로 태어나고 싶어요? 아니면 사물로 태어나고 싶어요?"

"민수야, 엄마는 나무가 되었으면 좋겠다고 생각했어."

"엄마가 나무로 태어나면 저는 음, 참새로 태어날게요. 그래서 하루 종일 엄마 나무 옆에서 수다를 떨어드릴게요."

민수 덕분에 오랜만에 웃었다.

하지만 우리 집 아이들도 나만큼 나의 '공황'에 대해 많이 불안해한다는 것을 산책 덕분에 처음으로 알게 되었다. 그리고 공황과 죽음을 연결 짓는 아이들이 가엾어졌고, 그래서 몹시 안타까웠다.

남편과 함께 하는 산책은 그 와중에도 달콤했다. 우리는 산책을 나설 때면 꼭 휴대폰을 집에 두고 나간다. 세상과 단절된 30분은 처음엔 어색하지만, 곧 편안해진다. 머릿속에서 흩날리던 생각들이 천천히 가라앉고, 발걸음의 리듬이 심장의 리듬과 딱 맞아떨어진다.

그 순간, 나는 내가 살아 있다는 단순한 기쁨에 집중한다. 길가의 나무 한 그루, 연보라빛 들꽃 하나, 떨어진 낙엽 하나에도 마음이 멈춘다. 이 작은 풍경들이 내 불안을 감싸 안는다. 나는 자연의 호흡 속에서 다시 숨을 배운다.

산책이 내게 가르쳐준 것은 단 하나다.
'불안은 마음의 속도에서 비롯된다.'
급행열차처럼 달리던 시간 속에서는 아무것도 보이지 않았다. 하지만 천천히 걷는 순간, 세상은 이렇게 다정하게 변한다. 하루 30분의 산책은 나를 치료해주는 약과 거의 비슷한 효과를 나에게 선물한다. 걷는 동안 나는 내가 살아 있다는 사실을 온몸으로 느낀다.

불안이 와도 괜찮다. 발이 나아가면 마음도 따라 나아간다. 집에 돌아와 신발을 벗을 때면, 마음에 쌓인 먼지가 조금은 털려 나간 듯 가벼워진다. 내일은 출근하면 후배 교사, 이은진에게 꼭 고맙다고 표현하고 그녀가 좋아하는 에이스 크래커도 교무실 책상에 놓아둘 것이다.

토요일에는 가족의 배려에 힘입어 이은진이 다니는 미술학원에도 나갔다. 사물을 스케치하며 집중하는 60분의 시간은 나 자신을 잊고 공황을 느낄 겨를이 없을 정도로 좋았다. 아주 조금씩 행복이 나를 찾아왔다. 모든 것이 다시 내 안으로 돌아왔다. 그때 난 혼잣말처럼 중얼거렸다.

'나는 여기 있어. 흔들리지만, 여전히 나는 나야.'

그리고 스스로에게 매일매일 작은 선물을 주는 루틴을 만들어 가기 시작했다.

30분의 공원 산책,

따뜻한 차 한 잔,

조용한 음악,

일기와 단편소설 쓰기,

연필로 하는 스케치,

이 작은 일상들이 내 안의 균형을 지켜주었다.

교직에 돌아온 나는 여전히 완벽하지 않았다. 아직도 가끔은 흔들리고, 두려움에 정신을 못 차릴 때도 있다. 하지만 중요한 건, 그 흔들림 속에서도 나는 여전히 일상생활에 나름 적응을 잘하고 있고, 행복을 느낀다는 사실이다. 오늘도 나는 교실에서, 집에서, 그리고 내 안에서, 조용히 우아하게 서 있다. 불안이 함께하는 삶 속에서도, 나는 여전히 살아 있고, 나는 여전히 나답게, 우아하다.

남학교에서의 하루하루가 너무 불안했지만, 예상과 달리 남학생들은 무뚝뚝한 얼굴 뒤에, 여학생들과는 또 다른 방식의 귀여움과 츤데레 같은 다정함을 숨기고 있었다.

공황장애?

어쩌라고?

난 남학교에서도 지금 우아하게 잘 살아가고 있다.

제8화

실험 수업 자주 해주세요!

그렇게 겨우겨우 공황을 딛고 생활하던 진주시 근무 기간이 다되어, 나는 시골 고등학교로 다시 전근을 가야 했다. 공립학교 교사들이 가장 힘들어하는 장거리 통근이 시작되었다.

시골 아이들은 거의 모두가 결손가정이었고, 대학 진학에 뜻이없었다. 그래서 성적에도 관심이 전혀 없고, 수업 시간에는 늘 책상에 엎드려 자거나, 지각과 조퇴가 잦은 모습도 흔히 보였다. 그런 환경에서 학생의 성적과 수업 태도를 중시하는 나의 수업 방식은 아이들과 가장 자주 부딪히는 지점이자 가장 날카로운 갈등의 원인이 되었다. 어느 날, 한 학생이 수업 중 반복해서 장난을 치며 친구들과 떠들었다. 나는 차분히 주의를 주려 했지만, 학생의 반응은 도발적이었고, 내 마음속 불안은 눈처럼 쌓이듯 올라왔다. 숨이 가빠지고, 손끝이 떨리며 머리가 순간 하얘졌다. 그 순간, 나는 잠시 교탁 뒤로 걸어가 심호흡을 했다.

'괜찮아, 천천히 해도 돼. 지금 이 정도는 언제든 이겨 낼 수 있어. 나, 이제 다 나아가고 있잖아.'

나의 결혼식 때도 엄마는 여전히 없었다. 결혼식의 모든 준비는 언니가 도와주었다. 너무 슬펐다. 하지만 쓸쓸히 혼자 세탁소에서 소주를 마시고 있는 아버지를 발견한 순간, 나는 또 명랑함이라는 가면으로 나를 위장해야만 했다. 예전의 그때처럼, 나는 지금 이 순간도 잠시 가면으로 나를 위장하려고 한다. 엄마 없는 결혼식, 그 기억이 내 안에서 작은 단단함으로 자리 잡았다.

하지만 수업을 계속하면서 학생과의 갈등은 반복되었다.

때로는 말투가 날카로워지고, 일부 학생은 내 지시를 무시했다. 그럴 때마다 공황의 파도가 몰려왔지만, 나는 마음속으로 속삭였다.

'흔들려도 괜찮아. 나는 이미 이 순간을 견디는 힘을 갖고 있어.'

하지만 5월의 어느 목요일, 모든 것이 산산조각 나고 말았다. 산처럼 큰 덩치를 가진 남학생이 책상에 엎드려 자고 있어, 나는 용기를 내어 그 아이를 흔들어 깨웠다. (아이의 이름은 쓰지 않겠다.) 그 순간, 그 아이는 대뜸 나에게 욕설을 하고, 나를 교실 바닥으로 패대기를 쳤다.

"씨발, 내 몸에 손대지 마, 니가 뭔데 지금 날 깨워? 아 씨발! 내 몸에 손대면 죽여 버릴 거야!"

남녀공학이어서 여학생들은 비명을 지르며 교실 밖으로 달려 나갔고, 반장 태호와 다른 남학생들이 우르르 몰려와 그 남학생을 제압했지만, 나는 그 자리에서 졸도했다.

체육 선생님인 이영철 선생님이 졸도한 나를 태우고 급하게 50분 거리에 있는 진주 병원 응급실로 갔다. 가까운 병원은 시설이 미비해 종합병원으로 빨리 가라고 했다고 한다. 나는 링거를 맞고, 바닥에 머리를 심하게 박아, MRI 검사도 받았다. 남편이 달려왔다. 모든 것이 허무하고, 절망이 파도처럼 나를 덮쳤다. 나는 이영철 선생님에게 감사하다는 인사조차 전하지 못했다.

그다음 날부터 나는 안방 문을 잠그고 살았다. 그 누구도 보고 싶지 않았고, 학교는 아예 안중에도 없었다. 하지만 1주일 이상의 병가를 내기 위해서는 진단서가 필요하다는 교감 선생님의 전화가 왔다. 나는 할 수 없이 남편과 같이 수원으로 향했다.

나는 수원에 가는 동안, 남편에게 단 한마디도 건네지 않았다.

'내가 이렇게 벌벌 떨고, 죽을 듯 힘이 드는데… 당신은 왜 학교를 그만두라는 말 한 마디를 안 해요? 남학생에게, 교사로서 엄청나게 수치스러운 폭력을. 그것도 모든 아이들 앞에서 그렇게 공개적으로 당했는데, 당신은 왜 나에게 한 마디 위로조차 하지 않아요?'

그 순간 나는 남편도 미웠고, 딸도, 아들도, 다 귀찮았다.

"지금 김 선생님은 공황에 우울증도 온 상태로 보입니다. 일단 휴직을 할 수 있으면, 쉬면서 마음의 안정을 취하는 게 가장 좋을 것 같습니다."

다시 의사 선생님의 진단서를 받아 2개월의 병가를 얻었다. 남편과 학교에 같이 갔지만, 나는 그 아이와 혹시 마주칠까 봐, 심장이 두근거렸다.

'이제 난 더 이상 견디고 싶지 않아. 견디면 뭐가 달라져? 공황은 또다시 찾아올 것이고, 이 지긋지긋한 학교도 두 달 후면 다시 다녀야 하잖아. 이럴 바엔 차라리 죽는 게 더 낫지 않아?'

밤이 되면 이런 문제들이 온통 나의 머릿속을 헤집고 다녔다. 또다시 난 단 30분도 잠을 이룰 수 없었고, 가족과도 담을 쌓고 살았다. 남편은 열흘이 지나도 밥을 먹지 못하고, 두유로 겨우겨우 약을 먹는 나를 보다 못해, 시어머니께 도움을 요청했다. 어머니가 오셨다. 하지만 예전처럼 어머니를 반기지 못했다. 마치 유령처럼 안방 문을 다시 잠그고 살았다. 공황이 찾아오면 약을 두 봉지씩 탈탈 털어 넣었다.

'혹시 이 약을 한꺼번에 먹으면 죽을 수 있을까? 아니면 다들 잠든 밤에 아무도 몰래 베란다에서 뛰어 내릴까? 12층이라 즉사하겠지. 그러면 이제 편안해지겠지…'

특히 어두운 밤이 오면 온갖 나쁜 생각들이 나를 유혹했다. 그렇게 한 달이 지났다. 체중도 많이 줄고, 공황은 더 자주 나를 찾아왔다. 그 남자아이는 꿈속에서도 나타나, 나를 세차게 바닥으로 내동

댕이쳤다. 나는 비명을 질렀다. 그 소리에 누군가 안방 문을 열쇠로 따고 들어왔다. 남편이 아닌 어머니였다. 어머니는 풀어헤친 긴 머리의 모습으로 침대 위에서 몸부림치며 비명을 지르는 나를 보자, 나보다 더 엄청난 괴성을 지르며, 갑자기 통곡하듯 우시기 시작했다. 어머니는 30분이 넘도록 계속 우셨다. 덕분에 나의 비명은 끝이 났다. 그 강인한 어머니가 너무나 서럽디 서럽게 우셨다.

"에미야, 애비가 요즘 밥도 못 먹고 출근해서 얼굴이 말이 아니다. 이러다 애비도 너처럼 병 나겠다. 수아도 민수도 온통 네 걱정에 다들 숨도 제대로 못 쉬고 산다. 그 아이들이 무슨 죄를 지었다고 그 고생을 해야 하니? 에미야, 제발 정신 좀 차려라. 너도 알다시피, 애비가 좀 고생하며 자랐니? 이제 너 만나 겨우 행복해하는데, 지금 이게 무슨 일이니? 에미야 너도 힘들겠지만, 우리 아들 좀 살려줘라. 이러다 우리 아들, 먼저 죽겠다. 제발 불쌍한 우리 아들 좀 살려줘라."

나는 그 순간, 제정신으로 돌아왔다.

"어머니, 그만 우세요. 죄송해요. 정말 죄송해요."

어머니가 가만히 나를 안았다. 나는 어머니의 품속에서 다시 한 시간이 넘게 울었다.

사실, 남편은 나 때문에 경상도로 장가를 왔다. 그래서 친한 친구도, 마음을 나눌 형제도, 심지어 어머니까지 모두 서울에 둔 채 혼자 타지에서 외로움을 견디고 있었다는 사실을, 그날 어머니의 하소연으로 처음 깨달았다.

다음 날부터 나는 억지로라도 어머니가 깨우는 새벽 여섯 시면 일어나, 어머니와 함께 가족의 아침을 준비했다. 아침을 준비하다 보니, 없던 식욕이 조금씩 생겨났다. 그리고 남편을 출근시키고, 아이들 등교도 시키고, 그 후 어머니와 공원 산책을 했다. 처음엔 휘청거렸지만, 조금씩 체력이 회복되었다. 저녁 식사가 끝나면 어머니와 나는 식탁에서 차를 마셨다. 그리고 이것저것 이야기도 나누었다. 어느 날, 안방에서 초저녁부터 깊은 잠에 빠진 남편의 코골이 소리가 흘러나왔다. 그 어떤 음악보다 듣기 좋았다.

"에미야, 애비가 이제 좀 안심이 되는 모양이다. 애비. 코 고는 것 봐라. 도대체 애비, 얼마 만에 안방 입성이냐? 너 봤니? 애비가 너보다 살이 더 빠졌더라. 애비도 너만큼 밥을 건너뛰어 나 얼마나 속상했는지 아니? 애들도 매번 네 눈치만 보고 다니고, 이게 도대체 사람이 사는 집이니?"

아닌 게 아니라. 남편도, 수아도, 민수도, 어머니도, 모두 얼굴이 핼쑥하다.

"어머니 죄송합니다."

"아니다. 너도 얼마나 힘이 들었으면 그랬겠니? 에미야 너 알고 있니? 애비가 경상도에서 너 처음 만나 연애할 때, 날개 없는 천사 아가씨가 경상도에 산다고 그러더라. 나 그때 얼마나 애비가 신기했는지 몰라. 원래 애비가 살기 바빠 그런 낭만적인 소린 하지 않는 아이였거든."

어머니께서 처음 들려주신 이야기였다. 그 말을 듣는 순간, 나는 갑자기 무척 행복해졌다. 마치 다시 연애 시절로 돌아간 기분이었다.

  나는 남편을 처음 본 순간부터 반해버려, 그의 뒤를 강아지처럼 졸졸 쫓아다녔다. 남편은 원래 부유한 환경에서 태어났지만, 아버님의 사업으로 한번 집안이 휘청했고, 그 후 또 아버님의 당뇨로 병원비가 많이 들면서 집안 형편이 급격히 어려워졌다. 아예 결혼 생각이 없던 남편을 졸라 결혼을 성사시킨 것은 나였다. 나는 아버님을 직접 뵙지 못했다. 결혼 전에 이미 당뇨 합병증으로 돌아가셨기 때문이다.

  남편은 나를 만나기 직전, 아버지의 병환으로 인해 서울 집까지 팔게 되어, 서울에서 수원으로 이사까지 했다. 그 당시 남편은 집안 형편이 너무 어려워 아예 결혼은 평생 하지 않기로 결심했다고 한다. 그리고 등산을 좋아해 주중에는 직업군인으로 돈을 벌어 어머니께 생활비를 모두 드리고, 주말에는 산만 찾아다니는 '산 사나이'로 평생 살려고 작정했다고 한다.

  "숟가락 하나. 밥그릇 하나, 접시 하나만 있으면 살 수 있잖아요. 그리고 교사 월급으로 우리 둘, 먹고 살 수 있어요. 그러니, 우리 결혼해요."

  나의 프로포즈에 남편은 새하얀 치아를 드러내며 웃었고, 결국 우리는 결혼을 하게 되었다.

  남편은 전속을 수시로 다녀야만 하는 직업군인을 그만두고 취준생이 되었다. 나의 월급만으로 신혼살림을 이어나갔다. 형편이 어려워도, 우리는 너무 행복했다. 남편은 6개월이 지나지 않아 회사에 취업도 하였다.

'공황이 아무리 힘들어도, 내가 그토록 사랑하던 남자였는데, 내가 너무 했네….'

많은 반성이 되었다. 나는 다시 힘을 내기로 했다. 그리고 오랜만에 명희를 카페에서 만나 조언도 들었다.

"정순아, 수업에 관심이 없는 아이들이라면서? 넌 과학 과목이니까, 다양하게 수업해 봐. 실험 수업은 어때? 그리고 그 아이에게는 어른인 네가 먼저 손을 내밀어줘. 그러면 그 아이도 반드시 너에게 사과도 할 거야." 일이 하나씩 풀려 나가기 시작했다. 나는 세 끼 밥도 꼬박꼬박 챙겨먹고, 약도 정시에 챙겨먹었다. 조금씩 컨디션이 좋아지고 있었다.

"어머니, 커피 좋아하시죠?"

"아니야. 나도 요새 커피 마시면 잠이 안 와서 커피 안 마셔. 에미야, 갑자기 커피는 왜?"

"그럼 우리 카페에 팥빙수 먹으러 가요."

"카페에서 팥빙수도 파니?"

"그럼요. 요즘 유행이에요."

팥빙수를 드시는 어머니는 소녀처럼 행복해하셨다.

'나 하나만 정신을 차리면, 이렇게 모두가 편안하고 행복한데, 그래 정신 차리자.'

주말 저녁, 아직도 영화와 드라마보다 독서를 좋아하시는 어머니가 나를 보며 뜻밖의 말씀을 하셨다.

"에미야. 이것 좀 봐라."

어머니가 보여준 것은 알폰스 무하의 그림책이었다.

"어머니, 이 그림이 맘에 드세요?"

"아니, 이 여인들이 에미 너를 닮지 않았니?"

"네? 전혀요. 이 여자들은 다들 우아하고 아름답는데요."

"그러니까, 에미 너 닮았어. 나 에미 너 처음 봤을 때, 키도 작고 얼굴도 썩 예쁜 건 아닌데, 이상하게 내 눈에 무척 고상해 보이더라, 그림 속 이 여자들처럼. 넌 모르겠지? 나도 어렵게 자라 악다구니를 쓰고 살아야만 했지만, 항상 나도 이 여자들처럼 고상하게 살고 싶었어. 그런데 너를 처음 보던 날, 난 바로 이해가 되더라. 우리 아들 녀석이 너의 이런 모습에 천사라고 말했겠구나 했단다. 에미야, 아까 이 여자들에게 고상 말고 또 뭐라고 했니?"

"아 우아하다고요. 어머니."

"그래. 우아, 맞다. 에미야 나는 니가 몸도 아프고, 정신도 아프고, 아무리 세상살이가 힘들어도 이 그림 속 여자들처럼 앞으로도 계속 우아하게 살았으면 좋겠어. 난 그렇게 못 살아봤지만, 넌 충분히 그럴 수 있을 거야."

어머니 두 눈이 보석처럼 반짝인다. 나는 '우아'라는 단어를 찾아보았다. '우아하다'는 '고상하고 기품이 있으며 아름답다'는 뜻으로 등재되어 있다. 나는 어머니에게서 태어나 처음으로 '우아하다'는 칭찬을 들었다. 그래서 이제부터라도 우아하게 살아봐야겠다고 결심했다. 겉으로 보이는 화려한 옷차림이 아니라, 마음이 고상하고 기품 있으며 아름다운 사람으로. 나에게 우아함은, 이제 한 번쯤 도전해 보고 싶은 삶의 태도였다.

'어머니 말처럼 그렇게 우아하게 살아가면 앞으로 남은 나의 삶은 얼마나 아름답겠는가?'

실로 오랜만에 나의 천진난만함과 낙천적 성격이 되살아났다. 난 태생이 천진난만하고, 낙천적인 아이였다. 아무리 가난해도 결코 불행하지 않았다. 하지만 엄마가 떠나버린 빈자리는 나를 많이 변화시켰다. 그래서 혼자 남은 아버지를 행복하게 해드리고 싶어 공부를 밤낮 주야로 했다. 아버지가 그토록 원하던 '중학교 교사'가 되기 위해 난 매일 밤 거의 4시간만 자면서 고등학교를 다녔다. 그렇게 중학교 과학교사가 되었고, 아버지는 진심으로 행복해 하셨다.

두 달의 병가는 화살보다 빠르게 지나가고, 어머니도 수원으로 가셨다. 나는 두근두근, 다시 학교에 첫발을 내디뎠다. 모두들 반겨주었다. 나는 이영철 선생님에게 감사의 선물도 전했다. 하필이면 첫 수업이 그 아이가 있는 반이었다. 나는 명희를 떠올리며, 먼저 그 아이에게 부드럽게 말을 건넸다.

"오늘 컨디션은 어떠니? 잠이 너무 와 힘들면 선생님께 먼저 얘기해줘. 너 불면증 있는 거 이제 선생님도 담임 선생님께 들어 잘 알고 있어."

그 아이는 아버지의 가정폭력으로 심한 충격을 받아 나처럼 신경정신과에서 우울증과 불면증 치료를 받는 상태였다. 아이는 놀란 눈치이다.

"괘, 괜찮습니다."

나는 활짝 웃어 주었다. 며칠이 지난 후, 그 아이는 책상 위에 사과 편지를 놓고 갔다. 그렇게 우리는 화해했다.

그리고 나는 수업 방식을 바꿨다. 공부에 아무 관심이 없는 아이들에게 비난이나 강압이 아니라, 차분한 목소리와 좀 더 흥미를 유발하는 학습지와 돌발퀴즈로 대응했다. 그리고 돌발퀴즈에는 사탕을 선물로 주었다. 수업이 조금씩 활기를 찾아갔다. 실험 수업도 조금씩 늘려갔다. 그 과정에서 놀라운 일이 일어났다. 아이들은 처음의 반항을 멈추고, 조금씩 수업에 집중하기 시작했다. 특히 실험 수업은 아이들이 너무 좋아했다. 전혀 예상하지 못했던 폭발적 반응이라 신이 났다. 내 마음속 불안은 여전히 존재했지만, 그 불안과 함께 살아가는 법을 나는 점진적으로 배워갔다. 쉬는 시간, 복도에서 3학년 1반 김동현이 다가와 걸걸한 목소리로 말했다.

"선생님, 오늘 수업, 조금 재미있었어요. 다음 시간에도 또 실험 수업하면 좋겠어요."

많은 대화는 아니었지만, 내 마음은 따뜻하게 풀렸다.

다음 날도 2학년 2반 김현정이 수줍은 목소리로 과학실에서 나에게 말을 건넸다.

"선생님. 실험 수업을 오랜만에 하니까, 너무 재밌고 좋아요. 앞으로도 실험 수업 자주 해주세요."

그 아이는 수업 중 나에게서 상품으로 받은 사탕을 호주머니에서 꺼내 살포시 내 손에 놓아주고 과학실을 나갔다. 오랜만에 행복했다.

불안과 공황 속에서도, 내가 중심을 잃지 않고 견뎌낸 그 순간이 결국 학생에게도 전달되었다는 사실을 알게 되었다. 집으로 돌아와, 딸과 아들, 그리고 남편과 마주하며 낮에 있었던 아이들의 칭찬을 자랑했다.

"여보 오늘도 어려움이 있었지만, 나 잘 해냈어요. 그리고 제 수업이 재밌다고 현정이가 사탕까지 줬어요."

"우리 엄마 최고예요."

수아가 엄지손가락을 치켜세운다.

"난 우리 엄마처럼 과학을 잘하면 너무 좋겠다. 근데 과학 과목은 힘들어. 엄마는 여자인데도 왜 과학을 잘하지? 아 우리 엄마가 바로 그 퀴리부인이네."

민수의 유머에 모두 웃었다.

"수고했어요. 당신 오늘 정말 잘했네요."

남편은 그날 내가 세상에서 가장 좋아하는 '쓰담쓰담'까지 해주었다. 나는 세상에 존재하는 스킨십 중 머리를 쓰다듬어 주는 스킨십을 가장 좋아한다. 어릴 때도 나는 아버지에게 '쓰담쓰담'을 받고 싶어 공부도 열심히 하고, 세탁소 일도 옆에서 엄청 도와드렸다. 아버지는 그런 나를 자주 '쓰담쓰담' 해 주었다.

따뜻한 말 한마디,

따뜻한 차 한 잔,

가족과의 따뜻한 저녁 식사 속에서,

내 마음은 다시 안정감을 찾았다.

그리고 '아이들을 존중하는 마음'을 품고, 아이들의 눈높이에 맞는 수업을 하는 교사의 열린 태도는 아이들의 닫힌 마음을 살며시 열어 주었다.

공황장애?

어쩌라고?

난 오늘, 시골 학교에서 재밌는 실험 수업을 하고 있다.

제9화

어릴 적 상처, 오늘의 나를 만든 뿌리

나는 어릴 적, 제법 부잣집에서 자랐지만, 집안은 엄마의 부재로 늘 흔들리고 있었다. 초경을 맞던 날에도 엄마는 없었고, 언니가 대신 챙겨주었다. 그날 나는 처음으로 깨달았다.

"엄마가 항상 내 곁에 있지 않을 수도 있구나."

아버지는 달랐다. 세탁소를 운영하며 근면성실하게 일하셨고, 재정이 흔들리는 가정 속에서도 끝까지 나를 대학까지 보내 주었다. 아버지의 그 묵묵함과 성실함은, 나에게 세상에 살아남는 법과 나 스스로를 지키는 힘을 가르쳐주었다.

대학 시절, 나는 과외와 온갖 아르바이트로 생활비를 벌며 사범대를 졸업했다. 그리고 생계형 독서도 무한 반복했다. 전국의 대학에서 모집하는 독후감 공모전은 학생들에게 제법 많은 액수의 상금을 내걸었기 때문이다. 그 과정 속에서 나는 엄마에 대한 그리움과 증오를 동시에 경험했다. 사랑하고 싶지만 상처받았던 마음, 그 복잡한 감정이 내 내면에 깊이 새겨졌다. 그 상처는 이후 공황과 불안이 찾아올 때마다, 나를 조용히 흔드는 근원이 되었다.

하지만 그 트라우마가 단순히 나를 약하게 만든 것만은 아니었다. 어린 시절 혼자 버려낸 경험은, 내가 스스로를 돌보고 견디는 법을 배우는 뿌리가 되어 주었다. 불안과 공황 속에서도, 나는 이미 그 힘을 가지고 있었다. 어린 시절의 상처와 현재의 삶이 교차할 때, 나는 마음속 깊은 곳에서 나를 다독인다.

'그때 혼자였지만 버텼고, 지금도 이렇게 살아 있잖아. 그리고 사랑하는 남편과 딸과 아들도 있잖아. 그리고 어머니도 계시잖아, 그리고 언니도.'

최근에 친정 언니에게도 나의 공황을 알렸다.

"정순아 언제든 힘들면 연락해. 내가 바로 달려갈게. 그 동안 얼마나 힘들었니?"

언니라는 원군까지 얻은 나는 천하를 다 가진 기분이었다. 그 행복한 기분은 내 회복의 출발점이 되었고, 불안과 공황 앞에서도 나를 지켜주는 단단한 뿌리가 되었다.

이제 나는 과거를 미워하지 않는다. 엄마가 떠난 날들, 혼자가 되어 견뎌야 했던 순간, 그 모든 힘든 경험이 지금의 나를 만들었다는 것을 나는 안다. 그리고 아버지의 성실함, 언니의 보살핌, 어린 나 스스로 나를 지켜냈던 힘까지 모두 합쳐져 오늘의 나를 지탱하는 커다란 힘이 되었다. 나는 또 하나를 깨달았다. 상처와 우아함은 서로 대립하는 것이 아니다. 그 상처가 있었기에, 나는 오늘의 불안 속에서도 조금 더 담담하게, 조금 더 단단하게 살아갈 수 있다는 것을 안다.

때로는 엄마가 다시 돌아오는 꿈을 꾼다. 너무 행복하다.

'언젠가 엄마는 꼭 우리 곁으로 돌아올 것이다.'

제10화

특성화고에서 살아남기

아침 햇살이 부드럽게 커튼 사이로 스며들면, 나는 늘 그 빛을 먼저 느끼려 노력한다.

햇살을 유난히 좋아하는 나는 '미스터 션샤인'이라는 드라마도 꽤 좋아했다. 내용도 좋았지만, 특히 '함안댁'이란 인물이 나와 더 좋았다. 내가 부산에서 태어나 여섯 살부터 결혼하기 전까지 '함안'에서 살았기 때문이다. 아버지 고향이 부산이어서, 우리 집은 함안에서 '부산세탁소'라는 가게를 해서 먹고살았다. 지금도 오빠와 남동생은 함안에 살고 있다. 이제 부산세탁소는 오빠가 이어받아, 예순일곱의 나이에도 여전히 성실하게 가게를 운영하고 있다. 나는 그런 오빠를 존경한다.

나는 아침 일찍 차를 내리고, 잔에 따르고, 차향을 깊이 맡는다.

그 짧은 순간만큼은 외부의 불안과 세상의 소음을 모두 뒤로하고, 오직 내 호흡과 마음에 집중한다. 처음에는 이런 단순한 행위조차 힘들었다. 손끝이 떨리고, 심장이 빠르게 뛰며, 잠깐 혼자 있는 것조차 두려웠다. 하지만 반복되는 작은 루틴 속에서, 나는 스스로를 지키는 힘을 조금씩 회복했다.

찻잔을 들고 깊이 숨을 들이마시는 순간, 내 안의 흔들림은 잠시 잦아들고, 나는 '오늘의 나'를 마주할 수 있었다. 특성화 고등학교에서 나의 '공통과학'이란 과목은 완전 찬밥 신세이다. 아이들은 드러내놓고 나의 과목을 무시하고 컴퓨터 관련 교과만 공부하느라 나와 나의 교과를 아예 무시한다. 나는 그 아이들이 흥미를 느낄만한 소재를 찾느라 열심히 교재연구를 하였고, 조금씩 달라지는 그들의 수업 태도와 나를 대하는 태도에 혼자 울컥하는 순간들도 많았다. 특성화고등학교에서의 시간은 나에게 또 하나의 성취가 되었다.

가끔 나의 과목을 가볍게 여기는 지적이나 말실수를 하는 아이들이 여전히 있지만, 이제 바로바로 사과하는 아이들의 달라진 태도에 또 한 번 작은 감동을 받는다. 이런 특성화고등학교에서의 사소한 순간들 역시 나에게 우아함을 가르쳐주었다.

창문을 열고 바람에 흔들리는 커튼을 바라보거나, 책장을 천천히 넘기며 글귀 하나를 마음에 새기는 것. 짧은 산책, 따뜻한 차 한 잔, 향초의 은은한 빛. 조용히 실업계 아이들의 흥미가 배가될 수업을 공부하는 나만의 저녁 시간들, 이 소소한 순간들은 내 안의 불안을 달래며 하루를 견디게 만드는 작은 버팀목이 되었다.

불안이 찾아오는 날에도, 나는 반드시 내가 정한 루틴을 지킨다. 심장이 두근거리고, 손끝이 떨리더라도, 잠시 멈추어 서서 심호흡을 하고, 내 마음과 대화를 나눈다.

'지금 이 순간도 지나갈 거야. 나는 이미 살아 있고, 오늘의 나를 돌볼 수 있어. 불안은 곧 지나갈 거야. 잠시 쉬어주면 돼. 이제 아이들도 덜 거칠고, 심지어 나에게 사과도 하잖아.'

그 반복되는 연습 속에서, 나는 깨달았다. 우아함은 거창한 것이 아니라는 것을. 거친 흔들림 속에서도 '아이들을 존중해주는 부드러움'이 나를 지켜주었다.

굳이 완벽할 필요는 없다. 때로는 과장된 행동과 욕설로 나를 힘들게 하는 아이들은 여전히 특성화 고등학교에 존재하지만, 이제 나도 많이 단련되어 여유롭게 대처할 힘을 이미 가졌다.

윤명희 선생님,

이은진 선생님,

반장 정태준,

그리고 우리 반 아이들,

모두 모두 학교 안에서 나의 불안을 잠재워주는 고마운 존재들이다.

제11화

교감 선생님! 나를 왜 피하세요?

또 다른 고등학교로 전근을 가게 되었다. 이번엔 인문계 고등학교라 조금 안심이다. 하지만 교육과정이 달라 생각보다 교재연구가 힘이 들었다. 하지만 고3을 맡은 나는 교직 생활 중 가장 치열하게 공부하고 또 공부했다.

그래서 그런지 아이들의 화학 교과 모의고사 성적은 조금씩 상승했다. 고등학교에 전근 온 지 몇 주가 지났지만, 불안은 여전히 나를 시험했다.

그날도 수업 준비를 하며 마음을 다잡으려 했지만, 교실 창문에서 한참 서성이며 나의 수업을 보고 있던 교감 선생님의 날카로운 한마디가 귓가를 때렸다.

"김 선생님, 오늘 수업 방식 내 맘에 반도 들지 않아. 좀 더 신경

써야 하지 않겠어? 이제 그 정신병은 다 나았어요? 아이들 수능에 피해가 가면 선생님이 모두 책임지세요.”

순간 심장이 빠르게 뛰고, 손끝이 떨리며 숨이 가빠왔다. 수업 전에 이미 몸이 긴장으로 굳어 있었던 터라, 나는 잠시 교무실 구석에 앉아 심호흡을 했다.

‘괜찮아, 잠깐만, 잠깐만, 천천히…’

나는 스스로에게 속삭이며, 마음을 다잡았다.

나는 교감 선생님의 다소 불쾌한 지적에도 흔들리지 않고 그다음 수업을 들어가 최선을 다해 열심히 아이들을 가르쳤다. 반짝반짝 빛나는 아이들의 눈망울과 나의 설명을 하나라도 놓치지 않으려 열심히 필기하는 지은이, “선생님 방금 하신 설명, 한 번만 더 해주세요.” 씩씩하게 손을 들고 당당하게 요구하는 세연이, 그렇게 나의 하루 수업은 끝이 났다. 나는 나 자신이 대견해 남몰래 화장실에서 스스로 머리를 쓰담쓰담해 주었다.

어느 날 복도에서 아영이가 달려와 나에게 하이파이브를 하자고 보챈다.

“왜? 선생님도 이유는 알아야지.”

“선생님 저번 모의고사에서 선생님 예상 문제가 많이 나와 저 6점이나 올랐어요. 자, 이제 하이파이브요.”

항상 귀여운 아영이와 나는 하이파이브를 큰 동작으로 했다. 퇴근 시간, 교무실에서 교감 선생님과 마주쳤다.

또다시 날카로운 말이 날아왔지만, 이번에는 마음속에서 짧게 숨을 고르고, 교감 선생님에게 조용히 답했다.

"네, 그 점은 앞으로 개선하겠습니다. 하지만 저는 항상 수업에 최선을 다하고 있습니다. 만약 아이들에게 제가 조금이라도 피해를 준다면 교사의 양심으로 저는 바로 사표를 제출하겠습니다."

표정은 담담하게, 목소리는 부드럽게. 속으로는 여전히 불안이 꿈틀거렸지만, 겉으로는 흔들리지 않는 우아함을 유지했다.

집으로 돌아와, 내 아이들과 저녁을 먹으며, 하루 동안의 긴장과 불안을 모두 털어놓았다. 교감 선생님의 지적을 남편에게 말했다. 그러자 딸과 아들의 유머와 미소가 내 마음을 천천히 풀어주었고, 남편의 조용한 격려가 또 다른 버팀목이 되었다.

공황은 완전히 사라지지 않았지만, 나는 이제 그것 속에서도 중심을 잡을 수 있었다. 그날 밤, 침대에 누워 천장을 바라보며 생각했다.

'공황이 찾아와도, 교감 선생님과의 갈등이 이 학교에서 자주 발생하더라도, 나는 여전히 나답게 우아하게 살아갈 수 있어. 나 잘 할 수 있어.'

그 해, 고3 아이들의 수능 화학 과목에서는 유례없이 만점자가 많이 나왔다. 그 결과가 참 뿌듯했다.

그 후, 교감 선생님은 나를 피해 다녔다.

흔들리면서도, 무너지지 않고, 작은 숨결과 호흡, 그리고 마음의 단단함으로 하루를 살아내는 것. 그것이 바로 내 삶 속 우아함이다.

공황장애?

어쩌라고?

나는 오늘도 멋진 하루를 보냈다.

제12화

완치가 안 되면 어때?

"선배님, 공황에는 완치는 없대요. 약을 평생 먹어야 한대요."

재기발랄한 이은진이 과학준비실에서 갑자기 눈물을 뚝뚝 흘려가며 개인병원에 근무하는 친구에게서 들었다는 말을 전했다.

"선생님, 완치는 없을지 몰라도 우리 지금 잘하고 있어요. 그러면 되는 것 아니에요?"

나도 윤명희처럼 이은진의 눈물을 조용히 닦아주었다. 사실 이은진을 위로하고 있었지만, 나 역시 의학서적이나 인터넷에서 맨 처음 '공황에는 완치는 없다'는 자료를 접했을 때, 너무 큰 절망감에 빠져 적응이 되지 않았다.

하지만 한편으로는 완치 사례도 많이 있었다. 자료를 많이 찾아보면서, 크게 느낀 것이 하나 있다.

공황은 증상이 나타날 때, 신경정신과에 빨리 가면 갈수록 호전도 빠르다는 점이었다.

'완치가 안 되는 병이 어디 있어? 나 지금 약도 조금씩 줄여가고 있잖아.'

하지만 교직과 가정, 일상 속에서 하루하루를 버티며 살다 보면, 불안은 갑자기 또 찾아온다. 심장이 빠르게 뛰고, 손끝이 떨리며, 온몸이 긴장으로 굳는 순간, 나는 잠시 멈춘다. 그때 나는 내 안에서 조용히 속삭인다.

'왜 이렇게 떨리는 걸까? 지금 내 마음은 무엇을 느끼고 있지? 무엇을 원하는 걸까? 완치는 정말 없는 걸까?'

이 질문은 단순하지만 강력하게 나의 뇌리에 늘 자리 잡고 있다. 불안을 억누르지 않고, 그 존재를 인정하며, 내 마음 깊숙한 곳까지 내려가 살펴보며 나는 자주 나 자신이 완치가 되어 구름 위를 걷듯 편안한 마음으로 아이들과 함께 수업하는 상상을 자주 한다.

그 과정을 통해 나는 굳게 믿는다. 내 불안은 나를 위협하는 적이 아니라, 나를 이해하고 성장하게 하는 신호이며, 언젠가 나의 곁을 떠날 존재라는 것을, 그리고 곧 언젠가는 전문가의 입에서 완치 판정을 들을 수 있다는 사실을.

어릴 적 상처와 트라우마가 내 안에서 꿈틀거릴 때도, 나는 그것을 회피하지 않고 이제 또렷이 바라본다. 나는 나의 하루를 기록하며, 오늘 있었던 순간 순간의 마음을 글로 써 내려간다. 불안을 마주하며 호흡을 조절한 경험, 매일 쓰는 일기의 힘, 그 모든 것이 내 안에서 쌓여 점점 단단해진다.

그리고 완치도 언제든 예고 없이 찾아올 것이다. 올 때도 예고 없이 왔듯이 말이다. 설혹 공황에는 완벽한 회복은 없다고 할지라도, 처음 공황을 느꼈던 그 무시무시한 순간보다 지금 훨씬 행복하다는 사실에 나는 지금 충분히 만족하고 있다.

밤이 되면, 나는 또 오늘 하루를 어김없이 돌아본다.

'오늘 나는 불안과 공황 속에서도 중심을 잘 지켰어. 오늘도 나는 나답게 살아있어.'

그 깨달음은 단순한 위로가 아니다. 내 삶을 우아하게 만들어주는, 묵묵하지만 강력한 힘이다. 완벽한 회복은 아니지만, 난 지금 잘 살아가고 있다.

공황장애?

어쩌라고?

난 지금 충분히 만족하며, 또 우아하게 살고 있다.

제13화

공황이 가르쳐 준 감사

공황장애는 내 삶을 완전히 뒤흔들었다. 심장이 뛰고, 숨이 막히고, 손끝이 떨릴 때마다 나는 세상이 무너지는 듯한 공포를 느꼈다. 하지만 시간이 지나면서, 나는 깨달았다. 공황은 단순히 나를 괴롭히는 병이 아니라, 내가 평범하게 살아가는 하루하루의 소중함을 알려주는 스승이라는 것을.

아침에 눈을 뜨고 살아있음에 감사하는 것, 커튼 사이로 들어오는 햇살을 바라보는 것, 남편과 나누는 짧은 대화, 따뜻한 차 한 잔. 그 모든 일상이 얼마나 큰 선물인지, 공황을 경험하기 전에는 미처 느끼지 못했다. 공황이 찾아온 날, 나는 종종 숨이 막히고, 집 안 구석구석마다 불안이라는 녀석이 존재했다.

냉장고에도, 식탁에도, TV에도, 침대에도, 심지어 이불 속에도,

나는 불안이 스며드는 것을 느끼고, 그 불안을 견디기가 너무 힘이 들어, 심지어 처음으로 죽음까지 생각했다.

하지만 그 경험 덕분에, 오늘의 평범함을 조금 더 깊이, 온몸으로 느낄 수 있었다.

'아, 내가 지금 살아있구나. 아이들이 곁에 있구나. 내 아이들의 장난스러운 웃음소리를 들을 수 있구나. 그리고. 나는 아직 우아하게 일상을 잘 살아가고 있구나.'

이 단순한 깨달음이 내 안의 불안을 다독였다. 공황이 없었다면, 나는 일상의 작은 순간들을, 그토록 섬세하게 느끼지 못했을 것이다. 불안이 내 몸과 마음을 흔들었기 때문에, 평범한 하루와 작은 평화가 얼마나 값진 것인지, 나는 온몸으로 배웠다.

이제 숨이 고르지 않거나, 심장이 두근거리는 순간에도 그 속에서 평범한 하루가 얼마나 큰 선물인지 잘 알고 있다. 그런 불안 속에서도, 삶은 여전히 아름답고, 나는 그 속에서 조용히 중심을 잡고 우아하게 살아간다.

그날 밤, 모처럼 창밖의 별빛을 바라보며 마음속으로 속삭였다.

'공황이 없었다면, 평범한 일상이 이렇게 소중하다는 것을 나는 결코 깨닫지 못했을 거야."

그리고 항상 도움을 주는 주변 사람들에게, 이제는 마음을 미루지 않고 즉각적으로 표현을 하는 좋은 습관도 생겼다.

"감사합니다."

불안과 공황이 내게 준 선물은 단순한 안도감이 아니었다. 그것은 삶을 온전히 바라보고, 평범한 일상에 감사하며, 삶의 매 순간을 소중히 대하는 태도였다. 글을 쓰는 이 순간에도 나는 나의 평범한 일상에 매우 큰 감사를 느낀다.

"감사합니다."

"정말 감사합니다."

『소녀, 아메데오 모딜리아니』
작품 '알리스'를 모사하면서, 나 역시 칠리레드 오픈카를 꿈꾸던 소녀 시절이
그리워서 그렸다.

CHAPTER 2 ✷ 이별, 나는 나를 사랑한다

제14화

공황과 함께 배우는 나눔

공황장애는 내 삶을 흔들었지만, 동시에 나에게 중요한 가르침을 남겼다. 그것은 단순한 생존의 기술만이 아니라, 타인에게 마음을 열고 베푸는 삶의 중요성이었다. 내 안의 불안과 공황을 마주하면서, 나는 깨달았다.

'내가 힘든 만큼, 다른 누군가도 고통 속에 있을 수 있다.'

그 생각은 나를 자연스럽게 행동하게 만들었다. 단순히 나 자신을 지키는 것을 넘어, 다른 사람에게 작은 도움과 위로를 전하는 일에도 마음을 쓰게 되었다. 나는 공황장애를 겪은 후로, 10년이 훌쩍 넘게 '소외 어린이 기부단체'에, 소액이지만 꾸준히 기부해왔다. 세상에 태어나 일찌감치 소외되어 불행하게 살아가는 아이들의 삶이 조금이라도 나아질 수 있다면, 그 작은 나눔 역시 세상에 긍정적인 힘이 된다는 믿음. 나는 그 믿음을 공황에서 배웠다.

공황이 없었다면, 나는 이렇게 꾸준히, 조용히 베풀며 살아가는 삶을 온전히 이해하지 못한 채 평생을 살았을지도 모른다. 그런 생각을 하면 지금도 아찔하다. 병원에서 불안을 마주하고, 집에서 혼자 힘겨워하던 순간들, 그리고 교직과 가족 속에서 겪었던 흔들림. 그 모든 경험이 나를 다른 사람의 마음에 공감하고, 작은 힘을 나누는 사람으로 만들었다. 마음속 우아함은 화려한 것이 아니라, 작은 선행과 지속적인 배려 속에서 살아나는 것임을 알게 된 것이다.

공황장애를 겪는 사람들에게 나는 꼭 말하고 싶다.

"두려워도, 흔들려도, 당신은 혼자가 아니에요. 그리고 그 불안 속에서도, 당신은 다른 사람에게 희망과 위로를 전할 수 있어요."

나도 처음에는 불안에 짓눌려 움직일 수 없었다. 그러나 아주 작은 기부와 마음을 나누는 일부터 시작하며, 나는 다시 스스로를 단단하게 세워 갈 수 있었다. 그 과정 속에서 나는 삶의 우아함과 감사, 나눔의 의미를 배웠다.

오늘도 나는 작은 손길을 내밀고, 조용히 아이들을 생각하며 기부를 한다. 그 과정 속에서, 나는 공황장애와 불안을 단순한 고통으로만 느끼지 않는다. 그것은 나를 성장하게 하고, 세상과 연결하게 하며, 우아하게 살아가도록 이끌어주는 스승이 되었다.

공황장애?

어쩌라고?

　난 이제 소외된 이웃과 나눔을 함께하며, 오늘도 우아하게 살고
있다.

제15화

일흔에도 칠리레드 오픈카를 살 거야

2022년 3월이었다. 그전 해에 지역 만기가 되어, 진주에서 50분 거리에 있는 H 중학교로 카풀을 하며 출퇴근하고 있었다. H 중학교 아이들 역시 모두 남학생이지만 시내 아이들과 다르게 소박하고 순수했다. 그리고 과학 과목에 대한 의욕이 대단했다.

코로나로 다들 마스크를 벗고 수업을 하지 못하는 시기였다. 우리는 마스크로도 가리지 못하는 다정한 눈빛을 서로 교환하며 수업을 이어갔고, 신기할 만큼 죽이 잘 맞았다. 이제 막 예순이 된 나는 이 H 중학교에서 정년퇴임을 할 수 있다는 사실이 행복했다. 고무실 분위기도 좋았다. 틈이 나면 도서실에 올라가 소설책을 빌렸고, 특히 급식도 아주 맛있었다.

하지만 3월의 어느 날, 두 분의 선생님을 태우고 운전을 하던 나에게 갑자기 눈에 섬광이 번쩍 일더니, 시야가 흐려지며 순간적으로 사물이 겹쳐보였다. 운전이 상당히 힘이 들었다. 처음 겪는 일이라 너무 당황했으나, 나는 선생님들이 놀랄까 봐, 전혀 내색을 하지 않고, 각자의 차를 세워둔 장소까지 무사히 도착했다.

선생님들과 인사를 하고, 나는 다시 운전을 하여 집으로 갔다. 하지만 집으로 가는 도중에도 섬광이 두 번이나 보여 운전에 애를 먹었다.

'내가 너무 피곤해서 그럴 거야. 이제 괜찮을 거야.'

그리곤 곧 잊었다. 이틀이 지나 다시 차를 운전했다. 출근까지는 아무 문제가 없었다. 평소처럼 아이들과 유쾌한 수업을 했고, 급식도 맛있었다.

문제는 퇴근길에 다시 찾아왔다. 섬광이 번쩍하더니, 눈에서 잔상이 계속 남아 도저히 운전을 할 수 없게 되었다. 나는 갓길에 차를 겨우 세우고 선생님 두 분에게 상황을 설명하고 양해를 구했다. 두 분의 걱정은 따뜻했다.

"선생님 곧 괜찮아지실 거예요."

"조금 지나면 될 거예요."

20분이 지나고, 눈을 덮고 있던 잔상이 사라져 사물이 명확하게 보이기 시작했다. 난 안도의 한숨을 내쉬고 다시 운전석에 앉아 운전을 시작했다. 하지만 가는 도중에도 섬광은 끈질기게 나를 괴롭혔다. 물론 두 분에게 또 내색 하지 않았다. 겨우 집에 도착한 나는 아무도 없는 거실에서 대성통곡을 하였다.

"이제 공황이 좀 잦아들었는데, 왜 또 이런 시련을 주시나요? 왜요? 도대체 왜요? 대답 좀 해보세요."

나는 억울하고 답답한 마음에 허공에 대고 소리를 질렀다.

그즈음 나는 시어머니처럼 교회에 나간 지 15년이 넘었다. 일요일 아침마다 예배를 보았고, 주말에 시간이 나면 성경 완독도 하였다. 교회에 있을 때만큼은 마음이 아주 평온했다. 퇴근한 남편에게 상황을 설명했다.

다음날, 남편과 나는 연가와 병가를 내고 안과로 갔다. 온갖 검사를 했으나 또 아무 문제가 없다고 한다.

집으로 오는 차 안에서 나는 다시 호흡이 가빠지고, 심장이 쿵, 쿵, 쿵, 나를 흔들어댔다. 나는 약을 급하게 꺼내 물과 함께 삼켰다. 그리고 오후에는 의사 선생님에게 상담을 받았다.

"요즘 늘 컨디션이 좋아 점심 약도 안 드렸는데, 다시 약을 조절해 드릴게요. 운전할 때 그랬으면 엄청 놀랐겠네요. 그 상황이라면 누구라도 흔들렸을 거예요."

오늘은 선생님의 위로가 내 맘에 전달되지 않는다. 머릿속엔 온통 '혹시 실명하면 어떡하지?' 하는 생각으로 가득했다.

다음 날, 운전을 하는 국어 선생님 옆 조수석에 앉아 운전을 하지 않고 출근하는 길에도 섬광이 보였다. 엄청난 불안이 다시 나를 잡아먹으러 으르렁거린다. 도대체 정신을 차릴 수가 없다. 나는 다시 병가를 내고 남편과 서울로 향했다. '김안과'라는 유명한 병원이었다. 온갖 검사를 받았으나 결과는 같았다.

"그냥 노화 같습니다."

인공눈물만 처방해준다. 답답하다. 운전 중 섬광이 나타나 사물이 흐릿해지니 도저히 운전대를 잡을 수 없었다. 더구나 카풀을 하는 상태인지라, 나 혼자가 아니라 다른 두 분의 선생님까지 위험해질 수 있었다.

세 달이나 기다려야 하는 대학병원 진료를 미리 접수해 두고, 나는 다시 신경정신과로 향했다. 다시 공황이 심해졌기 때문이다. 일단 수업을 제대로 할 수 없다는 사실이 나를 가장 괴롭혔다.

"선생님, 휴식이 필요합니다. 지금 조금 심각할 정도로 공황 증세가 심합니다. 이상할 정도로요"

처음으로 병가를 길게 내라는 말까지 들었다. 나는 속이 매우 상했지만, 다음 날, 학교에서 교장, 교감 선생님과 깊은 상의 끝에 6개월의 병가를 내었다.

본의 아니게 출근도 하지 못한 채, 공황이 처음 발병하던 날처럼 나는 멍청하게 소파에 앉아 있었다. 그 좋아하던 영화도 공황으로 인해 마음껏 볼 수 없어 속이 상했는데, 이제는 눈이 부시고 섬광이 자주 보여 TV도 볼 수 없었다.

다행히 독서는 겨우 할 수 있었다. 또다시 고행이 시작되었다. 이번엔 명희에게도 알리기 싫었다. 그리고 어머니에게도 알리기 싫었다. 그만큼 충격이 컸다. 자꾸 실명하여 지팡이로 겨우 더듬더듬 길을 걷는 내 모습이 떠올라 하루종일 눈물만 줄줄 흘렸다. 입맛이 없어 체중도 많이 줄었다. 남편의 위로도, 우리 집 아이들의 위로도 전혀 귀에 들어오지 않았다.

그렇게 3개월이 지나 대학병원에서 검진을 받았다. 유명한 병원이라는 말에, 아주 작은 희망이 보였다. 하지만 진단 결과는 동일했다.

"문제점은 없습니다. 노화인 것 같습니다. 하지만 6개월에 한 번씩 정기검진을 하기로 합시다."

일상생활에서도 선글라스를 쓰지 않고선 눈이 시리고 섬광이 보여 한 발자국도 움직이기 힘들었다. 난 결국 명예퇴직을 선택했다. 나의 수업을 받는 아이들에게 더 이상 피해를 주기 싫었다. 그렇게 나의 퇴직은 정년을 2년 6개월이나 남겨둔 채, 슬프게 끝이 났다.

2022년 8월 30일, 당일 아침 출근길에 아이들이 만든 카네이션 종이꽃이 학교 전체를 환하게 밝히고 있었고, 나를 위해 손수 아이들이 작성한 현수막 글귀가 나를 먹먹하게 했다.

"선생님 언제나 그리울 거예요."

"과학 선생님은 제 인생 최고의 선생님이에요."

"선생님 가지 마세요, 제발요."

나의 36년간의 교직 생활은 이렇게 끝이 났지만, 나는 그날 마지막 수업을 훌륭하게 해냈다. 용감하게 선글라스를 벗고, 45분 내내 열강을 했고, 놀랍게도 섬광은 한 번도 나를 해치지 못했다. 그렇게 나의 교직 생활은 우아하게 끝이 났다. 난 일흔이 되어도, 눈이 정상으로 돌아오면 꼭 나의 세 번째 소원인 칠리레드 컬러의 오픈카를 살 것이다. 그리고 나의 사랑하는 남편을 조수석에 태우고 어디론가 떠날 것이다.

공황장애?
어쩌라고?

난 멋지고 훌륭하고 우아하게 퇴직 수업을 해냈다. 긴 세월, 공황으로 인한 내 속의 단단함이 이번 섬광 충격도 멋지게 이겨 버렸다.

제16화

점심 데이트가 나를 살게 한다

퇴직 후의 시간은 이상하게 느리다. 시계를 보지 않아도 하루가 흘러가지만, 어딘가 텅 빈 바람이 분다. 출근길의 분주함이 사라진 대신, 적막함이 길게 이어진다. 그 공백 속에서 나는 '퇴직'이라는 단어가 아직 끝나지 않은 감정임을 새삼 느낀다.

그럴 때마다 내 삶에 작은 리듬을 만들어주는 사람이 있다. 같은 해에 교직을 떠난 명희다. 우리는 매달 한 번, 날짜를 정해 점심을 함께 먹는다. 그 약속은 마치 예전 교무실의 종소리처럼 내 삶의 시간을 다시 나누어준다.

명희와의 점심은 특별할 것 없는 만남이지만, 늘 은은한 여운이 남는다. 우리는 늘 같은 자리, 동네 골목 안의 작고 단정한 한정식 집에 앉는다.

'붓반'

식당 이름도 예쁘다. 계절에 따라 정성이 가득한 메뉴는 조금씩 달라지지만, 우리의 대화의 결은 비슷하다.

"요즘은 좀 어때?"

그 짧은 한마디가 시작이 되면, 우리는 한참 동안 서로의 마음을 툭툭 꺼내놓는다. 퇴직 후의 외로움, 가족과의 거리, 나이 들어감의 낯섦, 그리고 여전히 이어지는 불안. 그 모든 이야기가 테이블 위로 부드럽게 흘러나온다.

명희는 조용히 내 말을 들어주고, 가끔 고개를 끄덕인다. 그녀의 표정은 마치 오래된 나무처럼 단단하고 따뜻하다. 그런 명희의 얼굴을 바라보면 이상하게 숨이 고르게 된다. 명희는 친정 부모님 두 분이 다 돌아가셔서, 고향 집으로 남편과 같이 내려가 지금 블루베리 농사를 짓고 산다. 아주 만족스러운 삶이라고 한다. 명희는 오늘도 나에게 한 소쿠리의 유기농 블루베리를 건네준다.

"이거 니 눈에 아주 좋을 거야. 꼭 챙겨 먹어."

명희도 이제 내 눈 상태를 알고 있다. 매번 고맙고, 항상 고맙다. 식사를 마치면 우리는 늘 근처 진주문고로 향한다. 우리는 둘 다 책을 좋아한다. 나는 소설, 명희는 에세이를 좋아한다. 난 '절창', 명희는 '너를 아끼며 살아라'를 구입했다. 우리는 만나는 날마다 책을 구입해, 진주문고 안쪽에 위치한 카페에서 차를 마신다.

창가 자리, 햇살이 잘 드는 곳을 우리는 좋아한다. 그곳에서 명희는 커피를, 나는 따뜻한 캐모마일 차를 천천히 마신다. 명희의 커피

잔과 나의 찻잔 위로 뜨거운 김이 오를 때마다, 내 마음의 긴장도 함께 풀려간다.

"정순아, 우리가 아직 이렇게 함께 만나 웃을 수 있다는 게 참 다행이지. 그리고 감사하지?"

"그럼. 이게 모두 명희 너 덕분이야. 항상 고마워."

명희가 그렇게 말할 때, 나는 미소로 답한다. 그녀의 말은 단순한 위로가 아니라, 나의 공황을 함께 버려준 사람만이 나에게 해 줄 수 있는 칭찬으로 들린다.

명희와 나는 서로의 아픔을 숨기지 않는다. 그냥 들어주고, 기다려주고, 웃어준다. 그 단순한 태도 안에도 우아함은 존재한다. 세상의 그 어떤 화려한 모임보다, 이렇게 한 달에 한 번 카페에서 찻잔을 사이에 두고 나누는 명희와의 대화가 나는 훨씬 깊고 행복하다. 우리는 가끔 대화거리가 떨어질 때면, 구입한 책을 서로 바꾸어 읽으며 행복한 시간을 보낸다.

"너 요즘 편안해 보여."

명희가 말한다.

누군가 내 마음의 결을 알아봐주는 순간, 그 자체로 나는 치유가 된다.

명희와의 점심 데이트가 끝나면, 삶의 무게가 잠시 풀린다. 그리고 우아함이란 먼 곳에 있는 게 아니라, 이렇게 한 달에 한 번의 점심, 책 한 권, 한 잔의 커피와 차, 그리고 진심 어린 대화 속에 존재한다는 사실을 깨닫는다. 퇴직이 내게 남긴 건 끝이 아니라 여백이었다. 나는 그 여백을 명희와 함께 채워나가며 나를 회복하고 있다.

공황장애?
어쩌라고?

오늘도 나는 카페 창가에서 김이 모락모락 피어나는 한 잔의 차를 마시며, 명희의 미소 속에서 다시 살아갈 힘을 얻는다. 그것이면 충분히, 우아하다.

제17화

잠시 불안과 이별하다

공황장애는 내게 오랫동안 낯선 그림자처럼 붙어 다녔다. 아무 일도 없는데 가슴이 조여오고, 누군가 나를 심판하는 듯한 시선이 허공에 맴돌았다. 그럴 때마다 나는 손끝을 의식적으로 모았다.

'무언가를 붙잡고 있어야 살아남을 수 있겠다.'

그게 연필이었다. 퇴직 후, 나는 예전에 다니던 미술학원에 다시 등록했다. 특별한 이유는 없었다. 그저 손을 움직이고 싶었다. 연필이 종이를 스칠 때, 세상의 소음이 잠시 멎을 것 같았다. 학원 첫날, 예전 선생님은 인천으로 이사를 가버렸고, 처음 보는 40대 젊은 여자 선생님이 교실에 서 있었다.

"소묘는 보는 것이 아니라, 느끼는 겁니다. 선 하나에도 감정이 묻어 있어야 해요."

나는 그 말이 이상하게 마음에 남았다. 그날 옆자리에는 나보다 훨씬 젊고 어여쁜, 30대 초반으로밖에 보이지 않는 젊은 후배가 앉아 있었다. 한 달이 지날 무렵, 그녀는 내게 조심스럽게 말을 건넸다.

"선배님, 저는 우울증이 있어요. 그래서 피아노 학원도 잠시 접고 병원에도 다니고 있어요. 선배님은 너무 편안해 보여서 부러워요. 저는 다시 피아노 학원으로 돌아갈 수 있을까요?"

나는 놀라면서도 웃었다.

"어떻게 저에게 그 질문을 하세요? 신기하네요. 저도 사실 공황 장애라는 병을 앓고 있어요. 저 공황이 20년이 넘었어요. 하지만 직장생활 36년을 다 하고 퇴직했어요. 민주 씨, 걱정하지 말아요. 반드시 다시 학원으로 돌아갈 수 있어요."

"정말 저 다시 학원으로 돌아갈 수 있을까요?"

"그럼요. 이렇게 60대인 저도 지금까지 잘 견디고, 직장생활까지 잘했잖아요."

후배 얼굴이 해사해졌다. 학원생이 10명이 넘었지만, 그 후배는 나에게만 그 질문을 조용히 해왔다. 신기했다. 그 짧은 대화로 우리는 묘한 동지애를 느꼈다. 불안과 우울이란 이름의 숲에서 길을 잃은 두 사람, 그리고 그 손에 쥔 연필 한 자루. 우리는 매주 나란히 앉아 소묘를 열심히 배웠다. 처음엔 연필 끝이 자꾸 떨렸다. 그 떨림이 남에게 들킬까 부끄럽기도 했지만, 선생님은 다정하게 설명을 곁들여 주었다.

"그 떨림이 바로 선생님의 손 감각이에요. 떨리지 않는 사람은 없어요. 저도 떨리거든요. 그러니 편안하게 하세요."

　그 말을 듣고 나서부터 나는 더 이상 완벽한 선을 그리려 애쓰지 않았다. 대신 내 손의 떨림을 있는 그대로 받아들였다. 그 안에 내 불안과 숨결이 함께 있었지만, 뭔지 모르게 느긋해졌다. 젊은 후배는 석고상을 그리며 자주 한숨을 쉬었다.

　"선배님, 저도 자꾸 선이 흔들려요."

　"그건 네 마음이 아직 살아 있어서 그래. 나도 살아 있어서 이렇게 흔들리잖아. 후후."

　이제 나는 그녀에게 반말을 하는 사이가 되었다. 내가 그렇게 말하자, 후배는 살짝 웃었다. 그 웃음은 연필가루처럼 가볍고, 조용했지만 내 마음속에 오래 남았다. 순간 '이은진 선생님'이 생각났다. 그녀는 지금 교장 선생님이 되어 교직 생활을 잘 이어가고 있다.

　시간이 흐를수록 신기한 일이 일어났다. 불안이 밀려올 때마다 연필을 잡으면 호흡이 차분해졌다. 선 하나, 그림자 하나, 빛 하나를 따라가며 세상을 다시 관찰했다. 그리다 보면 어느새 심장의 박동이 조금씩 고르게 변했다. '그리는 행위' 그 자체가 나를 다독이고 있는 것이다.

　어느 날, 민주씨가 말했다.

　"선배님, 저는 이제 우울증이 무섭지 않아요. 스케치북 앞에 앉으면 그게 사라져요."

　나는 그 말을 듣고 심하게 고개를 끄덕여 주었다. 그녀의 선은 더 단단해졌고, 내 그림의 명암도 한결 부드러워졌다. 불안은 여전히 나와 민주씨 곁에 있었지만, 이제 그것은 그림 속 질감의 일부로 잠깐 접어둘 수 있었다. 선생님의 친절한 가르침처럼 연필 끝의 우아함은 완벽한 선에서 오는 게 아니었다. 불안한 손끝이 그려내는, 있는 그대로의 인간적인 선. 그것이 우리에게 진짜 평온을 가져다주었다.

나는 오늘도 도화지 앞에 앉는다. 가슴이 두근거릴 때마다, 연필을 손에 쥔다. 그 끝에서 피어나는 조용한 선 하나가 내 하루를 지탱한다.

이제 서양화도 가끔 그린다. 알폰소 무하의 '네 가지 보석' 시리즈, 토파즈와 루비와 에메랄드, 그리고 자수정을 그대로 모사하기도 한다.

공황장애?

어쩌라고?

나는 오늘도 연필 끝의 우아함으로, 내 마음을 치유하며 살아간다.

제18화

보라책방이 선물한 위로

보라책방은 나의 하루의 온도를 지켜주는 작은 우주이다. 누구에게 보여주기 위해 만든 공간이 아니다. 내가 나를 다시 만나기 위해 만든 '조용한 무대'이다.

퇴직 후 공황의 파도가 거세던 어느 날, 나는 문득 깨달았다.

'내가 가장 행복한 숙면을 취할 때는, 누군가의 오디오북을 듣는 순간이었어. 나도 누군가에게 숙면을 선물할래.'

눈에 문제가 생겨. 영화도, TV도, 독서도 몹시 힘이 들어 무료함으로 흔들릴 때, 나에게 가장 많은 위안을 선물해 준 것이 '오디오북'이었다. 그때부터 나도 유튜브에 '보라책방'이란 채널을 만들어 오디오북을 하나씩 업로드했다. 2만 원짜리 마이크와 휴대폰이 장비의 전부이다. 지금도 나는 일주일에 한 번, 조용히 내 목소리를 울린다.

이제 구독자는 겨우 오백 명을 넘겼지만, 난 구독자 수에 연연하지 않는다. 그동안 써왔던 나의 단편소설을 한 문장씩, 한 호흡씩, 나의 목소리로 옮겨 담는다. 처음엔 손이 떨리고 목소리가 자꾸 갈라졌지만, 점점 나는 나를 다독이듯, 목소리에 마음을 실을 수 있게 되었다. 나의 보라책방은 화려하지 않다. 작은 책상, 스탠드 조명, 오래된 노트북, 그리고 마이크 하나. 하지만 그 안은 마치 내 안의 온실 같다.

　바깥세상이 아무리 시끄러워도, 이곳에서는 모든 시간이 부드럽게 흘러간다. 녹음 버튼을 누르는 순간, 세상의 소음은 멀어지고, 나의 숨결만이 공간을 채운다.

　밤양갱,
　모래솔로 정딸기,
　무례한 동거,
　미선짬뽕,
　보건교사 석지수,
　파리에 간 여인,
　호박꽃,
　모래알 사랑,
　미스터 슬로우,
　엄마의 남자.

내가 쓴 단편소설 제목들이다.

소설 속 한 문장을 읽다가 문득 눈물이 날 때도 있다. 그건 슬퍼서가 아니라, 그 문장이 내 안의 오래된 기억을 건드리기 때문이다.

"괜찮아", "천천히 해도 돼"라는 대사가 나오면, 나는 나 자신에게 말하듯 조용히 따라 읽는다. 그 순간, 내 목소리가 내 마음을 감싸 안아준다. 그것이 내가 오디오북을 만드는 진짜 이유다.

보라책방의 오디오북을 듣는 사람들은 말한다.

"목소리만 들어도 마음이 차분해져요."

"경상도 사투리 땜에 집중이 때론 안 되기도 하지만, 너무 재미있네요. 다음 화가 기다려져요."

댓글을 읽을 때마다 나는 웃는다. 사실 그 목소리로 가장 많이 위로받는 사람은 나 자신이기 때문이다. 읽고, 녹음하고, 편집하는 그 반복 속에서 나는 매번 내 불안의 결을 만지고, 그것을 부드럽게 다듬어 날카로운 부분을 조금씩 조금씩 세심하게 다독인다.

'오늘은 이 문장을 누군가의 마음에 심어줄 수 있을까?'

매번 그런 생각을 하며 녹음을 이어간다. 섬광이 보이는 눈 때문에 조도를 낮춘 보라빛 조명 아래, 내 목소리가 조금씩 빛을 얻는다. 어쩌면 나는 누군가를 위해 읽는 게 아니라, 나 자신을 위해 듣고 있는 것인지도 모른다. 나의 목소리를 통해, 나는 스스로에게 이렇게 속삭인다.

'괜찮아, 아주 훌륭해, 나 오늘도 우아하게 잘 살고 있어.'

녹음을 마치고 컴퓨터를 끌 때면, 마음 한쪽이 환해진다. 보라책방의 불을 끄는 그 순간, 하루의 끝이 아니라 '새로운 나'를 맞이하는 시간이 시작된다.

공황장애?
어쩌라고?

나는 오늘도 나의 목소리로 나를 치유하며, 세상에서 가장 우아한 나로 살아간다.

제19화

운명의 남자에게 보호자가 되어 주었다

공황의 한가운데서, 나는 처음으로 남편의 보호자가 되어 주었다. 2017년, 남편의 뇌동맥류 수술 소식을 들었을 때 나는 비로소 깨달았다. 공황은 나를 무너뜨리기만 한 것이 아니라, 나를 단단하게 빚고 있었다는 사실도. 그리고 혼자 생각했다.

'남편이 나의 공황을 챙겨주느라 지금까지 계속 집에서도 엄청난 스트레스를 받고, 또 회사에서도 스트레스를 받아 저런 나쁜 병에 걸린 게 아닐까? 여보 정말 미안해요.'

남편도 잠을 이루지 못했고, 나 역시 밤새 뒤척였다. 2017년 4월 16일 남편의 코일 색전술, 수술 당일이었다. 남편의 뇌동맥류 위치가 아주 위험한 곳에 있어, 성공률이 매우 낮은 편이어서 나와 아들은 몹시 상심했다. 남편은 그 누구에게도 수술 소식을 알리지 말라고

했다. 누를 끼치고 싶지 않다는 이유였다. 이는 평소 남편의 인생 모토였다. 심지어 딸과 아들에게도 비밀로 했다. 하지만 수술 동의서에는 보호자 두 명의 서명이 필요했다. 어쩔 수 없이 서울에서 대학을 다니는 아들에게 급하게 전화를 했다. 놀란 아들은 한 걸음에 달려왔다. 수술의 부작용에는 언어장애, 반신불수, 뇌경색 등 어마어마한 것들이 줄줄이 나열되어 있어, 나와 아들은 사인을 하면서도 초주검이 되어갔다.

수술실 앞 대기실의 차가운 공기는 숨조차 조심스럽게 만들었다. 유리 너머 복도를 오가는 의료진의 발걸음 소리가 희미하게 울렸다. 예전의 나였다면 그 공기 속에서 이미 숨이 막혀버렸을 것이다. 심장이 요동치고, 세상이 멀어지고, '혹시 이게 남편과 끝이 아닐까?'

라는 무시무시한 상상이 번개처럼 머리를 휘감았을 것이다. 하지만 그날의 나는 달랐다.

공황을 수년간 겪으며 익혀온 호흡, 나만의 속도로 세상을 붙드는 방법, 그리고 무엇보다 '그 무서운 공황의 두려움 속에서도 나는 살아났잖아, 남편도 꼭 수술이 잘 될 거야'라는 믿음이 조용히 나를 지탱하고 있었다. 나는 떨리는 손을 무릎 위에 얹고, 혼잣말처럼 중얼거렸다.

"괜찮아요. 지금 이 순간만큼은 당신의 보호자는 나예요. 알겠죠? 그러니 당신, 안심하세요."

수술실 불이 켜지고 문이 닫히는 순간, 나는 처음으로 느꼈다. 이제부터 우리 가정의 책임자는 남편이 아니라, 나라는 사실을. 태어나 처음 느끼는 묵직한 감정이었다. 공황은 여전히 내 곁에 있었지만, 그날의 공황은 나를 흔들기보다 나에게 힘을 주고, 자꾸 쪼그라드는 나를 오히려 깨우고 있었다. 어떻게 알았는지, 막내 서방님이 나타났다. 너무 감사했다.

　"형수님, 형님 수술 잘 될 거예요."

　"그럼요. 당연하죠."

　나의 입에서는 이전에 볼 수 없었던 확신에 찬 말이 튀어나왔다.

　오후 2시 40분에 수술실에 들어간 남편은 오후 5시에 수술이 끝났고, 회복실에서 1시간가량을 보냈다. 그리고 6시 10분이 되어서야, 나는 남편을 볼 수 있었다.

　그제야 시동생과 나, 아들은 비로소 안도의 한숨을 쉴 수 있었다. 수술 중에도 언제든 비상상황이 발생할 수 있다는 말을 들었기에 조심스러웠지만, 그래도 한 고비는 넘겼다는 느낌이 들었다.

　몇 시간이 흐른 뒤, 의사 선생님의 짧지만 확신에 찬 말이 들려왔다.

　"수술은 잘 끝났습니다."

　그 한마디에 나의 눈에 고여 있던 눈물이 조용히 흘러내렸다. 안도의 눈물이었다. 그 순간 나는 알았다. 나 역시 회복되고 있다는 것을. 남편의 폐쇄된 뇌혈관만이 아니라, 내 삶의 막혀 있던 감정도 함께 열리고 있었다.

회복의 시간이 지나고, 남편과 나는 작은 결심을 했다. 남편의 뇌동맥류 수술을 통해 우리 둘은 '인생은 언제든지 예고 없이 흔들릴 수 있다'는 사실을 또 하나 배웠다. 그래서 우리는 더 이상 하고 싶었던 경험들을 미루며 살고 싶지 않게 되었다. 적금을 깼다. 그리고 떠났다.

하늘이 더 파랗게 느껴지는 해외의 어느 거리에서, 우리는 우아하게 와인을 마시고, 에스프레소도 마셨다.

제20화

해물전골은 어때요?

　나의 공황으로 인해 남편은 아무 말 없이 나의 하루를 대신 살아주었다. 가장이 되어, 집안의 무게를 짊어지고, 나 대신 세상과 맞서며 조용히 버텨주었다. 그의 침묵은 희생이었고, 그의 손길은 사랑이었다. 특히 그는 요리도 엄청 잘했다.

　퇴직 후, 나는 아주 작은 결심을 했다.

　"오늘은, 내가 당신을 위해 밥을 해볼게요."

　그 한마디를 꺼내는 데 엄청난 용기가 필요했다. 공황이 오기 전에 자주 해왔던 나의 요리는 매번 꽝이었다. 수아는 "엄마, 간이 너무 짜요", 민수는 "엄마, 재료가 아까운데요. 대신 엄마는 형, 누나 과학을 잘 가르치잖아요. 요리는 좀 못해도 괜찮아요"라곤 했다. 남편은 날 위해 그저 빙그레 웃어주며 식사를 했으나, 난 다 알고 있다. 나의 요리 솜씨는 형편없다는 사실을.

공황 이후, 집안의 모든 요리는 거의 남편이 다했다. 회사에서 퇴근한 남편은 외출복을 갈아입을 사이도 없이 소매를 걷어붙이고, 우리의 저녁을 준비했다. 나는 항상 미안했다.

퇴직 후, 휴대폰 화면 속 초보 요리를 천천히 설명해주는 친절한 '유튜브'는 내게 하나의 희망이 되어 주었다. 서툰 손으로 낙지를 손질해, 남편이 좋아하는 해물전골을 만들며 나는 생각했다.

'나의 서툰 이 요리는 단순한 요리가 아니라, 나의 공황 회복이 되고, 남편에 대한 나의 사랑의 고백이 되기도 한다.'

불 위에 냄비를 올리고 국물이 천천히 끓어오를 때, 나는 그 김 사이로 지난 시간을 떠올렸다. 내 공황의 밤들, 말없이 맛있는 요리로 온 가족을 행복의 도가니탕에 풍덩 빠뜨려주던 남편, 그리고 이제야 남편에게 비록 초보지만, 정성을 가득 담은 요리를 건네며 칭찬을 듣고 싶어 하는 오늘의 나.

해물전골은 내가 원하던 그 맛은 아니었지만, 그래도 먹을 만은 했다.

"여보, 조금만 더 간을 하면 될 거 같아요. 시장하죠? 바로 준비할게요."

다시마 육수로 겨우 감칠맛을 살려내, 식탁 위에 조심스럽게 전골을 올려놓았을 때, 남편이 조용히 내 등을 다독여 주었다.

"해물전골, 진짜 맛있네요. 당신이 직접 해준 해물전골, 살면서 처음 먹어보네."

그 한마디에, 나는 눈물이 나왔다.

'그동안 공황 핑계로 남편에게 제대로 만든 식사 한번 대접하지 못했구나…. 미안해요, 여보.'

남편은 2021년 12월 31일, 정년퇴직을 했으나, 남편을 원하는 회사가 있어 재취업을 하였다. 그래서 남편은 출퇴근의 고단한 삶을 지금도 반복하고 있다. 하지만 그 고단함을 우직하게 한 번도 내비치지도 않는 남자다. 나의 요리는 이제 조금씩 성장하고 있다.

우아함이란 완벽함이 아니다. 우아함이란, 무너진 자리 위에서도 다시 일어나 사랑하는 사람을 위해 용감하게 솜씨가 아닌 정성으로 밥을 짓는 이 대담함이다.

신혼 시절, 난 남편의 직장을 따라 진주에서 신혼살림을 시작하였다. 직업군인이었던 남편은 예고 없이 비상이 걸리기 일쑤였다. 하지만 나의 근무지 학교는 마산에 있었다. 할 수 없이 나는 진주에서 마산까지 통근을 해야 했다. 임신한 몸으로 하루에 6번이나 버스를 갈아타고 다녔다.

몸은 늘 지쳐 있었지만, 점심시간이 되면 이야기는 달라졌다. 남편이 정성스럽게 싸준 도시락 뚜껑을 열면, 그 피로가 1초 만에 사라졌다. 완두콩으로 하트를 만든 도시락과 다섯 가지 이상의 맛있는 반찬은 매번 선생님들의 인기를 독차지했다.

공황장애?

어쩌라고?

   나는 오늘, 불안이 아닌 사랑으로 해물전골을 끓였고, 기적처럼 평온한 저녁을 완성했다. 그리고 그 따뜻한 식탁 위에서 나는 여전히 남편과 함께 아름답게 살아가고 있다.

『부부』
남편과 이집트 여행을 하면서 찍은 사진을 보며 그린 작품이다. 지금도 난 이집트 후르가다에서의 소년 같은 남편의 모습이 너무 좋아 이 작품을 그리는 내내 행복했다.

제21화

홍해에서 다시 행복을 찾다

남편의 뇌동맥류 수술은 우리 인생의 시간표를 다시 쓰는 전환점이 되었다. 남편의 회복 후, 우리 부부는 세상을 향해 조심스럽게 첫 발걸음을 내디뎠다. 다시 여권을 꺼내고, 지도에 동그라미를 그리고, 서툴지만 설레는 마음으로 인천공항으로 향했다.

하지만 공황은 여전히 내 곁에 있었다. 비행기 좌석에 앉는 순간, 심장이 다시 조여 왔고, 이륙 전 몇 분은 여전히 긴장이었지만 나는 도망치지 않았다. 남편의 손을 꼭 잡고 말했다.

"괜찮아요, 나 하나도 무섭지 않아요."

그리고 비행기 기내식을 먹었다. 첫 비행에는 두려움에 꼬박 12시간 동안 물밖에 먹지 못했다.

하지만 이제는 다르다. 기내식의 종류가 무엇인지 찾아보는 여유도 생겼고, 영화도 보기 시작했다. 엄청난 도약이다.

공황은 내게 한 가지를 가르쳐 주었다. 약간의 두려움만 이겨내면 항상 행복이 그 뒤를 따라온다는 사실을 말이다.

여행은 아주 가까운 곳에서 시작했다. 처음엔 제주도였다.

결혼할 당시 우리는 형편이 어려워 신혼여행도 생략했다. 하지만, 이제 우리는 비행기에 몸을 싣고, 번갈아 창밖 하늘을 바라보며, 솜사탕처럼 예쁘고 사랑스러운 구름을 온몸으로 느낀다. 그 순간만큼은 남편의 병도, 수술도, 공황도, 불안도 모두 잠시 멈추어버린 느낌이었다.

나는 갠지스 강의 오묘한 매력과 바라나시 가터에서의 삶과 죽음이 공존하는, 철학이 넘치는 인도를 사랑한다. 남편은 피라미드의 신비가 감춰져 있는 이집트를 가장 사랑한다. 그래서 인도와 이집트를 여행했다.

"살아서 여행할 수 있다는 게, 이렇게 눈물 나게 고마운 일인 줄 예전엔 미처 몰랐어요. 우리가 새 아파트와 상가를 살 거라고 지금도 아등바등 적금만 넣었다면, 얼마나 억울했겠어요?"

나는 남편에게 고마움을 자주 표현했다. 그리고 이집트 후루가다에서의 특별한 추억은 지금도 잊을 수 없다. 남편이 유난히 사랑하던 스포츠는 스쿠버다이빙이다. 남편은 마스터 라이센스도 가지고 있다. 하지만 뇌동맥류 수술 후, 수압 문제로 오랫동안 금지되었던 바다 스쿠버 다이빙. 남편의 마음속 아쉬움을 나는 늘 알고 있었다. 겉으로는 말하지 않아도, 남편의 눈빛엔 늘 바다가 있었다.

그러던 2023년, 수많은 준비 끝에 드디어 다시 바다로 향했다. 후루가다, 홍해에서 스쿠버 장비를 7년 만에 착용한 남편은 정말 멋있었다.

남편이 홍해 바다로 조심스럽게 들어가는 모습을, 나는 지상에서 떨리는 마음으로 지켜보았다. 2시간이라는 시간은 나에게 영원처럼 길었고, 기적 같은 감동을 주었다.

드디어 수면 위로 올라온 그의 얼굴. 그 안엔 소년 같은 미소가 있었다. 그 순간, 나는 울지 않으려 했지만, 감동은 결국 눈물이 되어 흘러내렸다.

'살아있다는 건 이런 것이구나.'
'다시 꿈을 꿀 수 있다는 건 이런 표정이구나.'

공황은 그날도, 그 여행에서도, 가끔 나의 심장을 탁 건드렸지만, 나는 이제 안다. 우리는 아파도 떠날 수 있고, 공황으로 두려워도 웃을 수 있으며, 아무리 흔들려도 하고 싶은 일을 하면서 살아가는 것이, 값진 인생이라는 사실을 말이다.

남편과 나는 이제 세계를 누비며, 손을 잡고 하늘을 날고, 바다를 품으며 우리는 그렇게 조용히, 그러나 뜨겁게 인생을 다시 사랑하게 되었다.

공황이 있어도 괜찮다. 흔들림이 있어도 괜찮다. 우리는 그 모든 것을 안고, 여전히 우아하게 여행 중이다. 서로의 생명이 기적임을 알기에. 더 깊고, 더 따뜻하게, 세상을 껴안으며 앞으로도 계속 이렇게 살아갈 것이다.

제22화

딸아이와 미래를 같이 할 남자가 찾아왔다

그날의 공기는 유난히 부드러웠다. 딸아이가 10년 동안 사랑해 온 사람, 이제는 '남자친구'가 아니라, '사위'가 될 사람이 우리 집 거실 문을 열고 들어왔다. 조심스러운 노크 소리, 그리고 살짝 굳은 어깨. 하지만 그의 눈빛만큼은 참 따뜻했다. 마치 오래전부터 우리를 알고 있었던 사람처럼.

나는 사윗감 준이를 몇 번 본 적이 있었다. 남편과 나는 아무 말 없이 그 모습을 잠시 바라보았다. 딸의 눈에는 설렘과 자랑이, 그의 눈에는 진심과 책임이 고여 있었다.

"안녕하세요…. 잘 부탁드립니다."

그 한마디가 너무도 단정하고 진지해서 나는 괜히 가슴이 뭉클해졌다. 딸아이를 키우며 수없이 상상했던 그날이, 지금 현실이 되어 내 앞에 서 있다는 사실이 조용히 내 마음을 울렸다. 우리는 거실에 둘러앉아 차를 마시고, 가벼운 안부를 나누고, 수아의 어린 시절 이야기에 웃음을 터뜨렸다.

그 사이사이 남편과 나는 그의 말투를 보았고, 그의 눈빛을 살폈고, 딸을 바라보는 그의 시선을 가만히 지켜보았다. 그 순간 우리는 확신이 들었다.

'아, 이 사람이라면 괜찮겠구나. 이 사람이라면 우리 딸을 고운 마음으로 끝까지 지켜주겠구나.'

남편은 말은 없었지만, 굳이 표현하지 않아도 느껴지는 그의 분위기에 나도 고개를 끄덕였다. 그 속에는 남편과 나 사이의 조용한 신뢰가 있었다. 그러나 그 따뜻함 사이로, 언제나처럼 공황의 그림자는 살짝 고개를 들었다. 잘 견디고 있다고 생각해도, 낯선 순간의 설렘 앞에서는 심장이 먼저 반응했다. 숨이 조금 가빠지고, 손끝이 서늘해질 때 나는 조용히 마음속으로 되뇌었다.

'괜찮아, 이 순간은 축복이야. 흔들려도 나는 무너지지 않아. 우아하게 곧 지나갈 거야.'

그리고 천천히 호흡을 고르며 웃었다. 그리고 요즘은 공황이 처음 발생한 그 순간보다 훨씬 견디기 쉽게 증세가 많이 줄어들었고, 또 발생 빈도 수도 극히 적어졌다.

남편과 눈빛이 마주친 순간, 우리는 말없이 서로를 이해했다. 불안과 상실을 수없이 겪어온 시간이 있었기에, 이 평범한 만남이 얼마나 귀한지 잘 알고 있었다. 그날의 거실은 작은 가족이 확장되는 기적의 공간이 되었고, 딸의 웃음은 세상 어떤 약보다 큰 치유가 되었다.

나는 속으로 생각했다.

'이제 너는 또 다른 집을 만들어 가겠구나.'

조금은 시리고 조금은 뿌듯하고. 하지만 무엇보다도 참 다행이라는 마음이 들었다. 그날의 거실은 단순한 만남의 공간이 아니라, 한 가족이 시작되는 자리였다.

사윗감, 준이가 딸아이와 교제한 기간이 10년이다. 이토록 단단한 사람을 데려왔다는 사실이 기특하고, 고맙고, 기적 같았다. 수아는 여전히 내 딸이지만, 이제 누군가의 아내와 며느리가 될 준비를 하고 있었고, 나는 그걸 인정하며 조용히 미소 짓는 장모님이 되어 가고 있었다.

공황장애?

어쩌라고?

난 우아한 장모님이 될 거야.

공황과 함께 한 북 콘서트

　퇴직 후, 오랜 시간 가슴속에 품어온 이야기가 마침내 세상 밖으로 나왔다. '온일덕'의 주체적인 삶을 담은 나의 첫 장편소설『부산 세탁소』가 2024년 2월, 발간되었다. 이 책을 통해 1940년생인 여성이 80여 년을 살아오면서 수없이 많은 시련을 만나 이겨내는 사이에, 한 사람의 인생이 얼마나 단단해질 수 있는지를 조용히 증명하고 싶었다.

　나의 첫 장편소설인『부산 세탁소』는 사실 나의 친정아버지께 바치는 나의 조용한 헌사이자, 오래도록 가슴에 품어온 그리움의 기록이다. 소설 속 온일덕의 남편 김일구는 허구의 인물이 아니라, 묵묵히 가족을 지키며 한 시대를 견뎌낸 나의 아버지를 떠올리며 만들어낸 존재다.

매서운 새벽 공기를 가르며 하루를 시작하고, 말보다 행동으로 사랑을 증명하던 아버지의 뒷모습은 세월이 흘러도 내 마음속에서 여전히 따뜻하게 남아 있다.

나는 이 작품을 통해 아버지의 삶을 다시 한번 불러내고 싶었다. 화려하지 않았지만 누구보다 성실했고, 거창한 말 대신 소소한 일상으로 가족을 지켜냈던 그의 시간들.

결국『부산 세탁소』는 한 딸이 아버지에게 건네는 늦은 안부이자, 고맙다는 말 대신 남기는 가장 진솔한 선물이었다.

'아버지, 당신의 이름을 직접 쓰지 못했지만, 김일구라는 인물 속에서 나는 평생의 존경과 사랑을 조심스레 담았습니다. 이 이야기가 당신의 수고와 헌신을 기억하는 우리 가족의 작은 불빛이 되기를 바랍니다.'

그리고 5월, 내가 오래도록 꿈꿔왔던 북 콘서트의 무대에 섰다. 사회는 후배 곽영숙 교장 선생님이 맡아주었고, 그녀의 딸 안지수는 집에서 정성껏 만든 깨강정을 선물처럼 내어놓았다. 목사님 부부와 친한 교회 분들도 많이 오셨다. 특성화 고등학교에서 함께 교단을 지켜온 동료 교사 서민아는 떡을 만들어왔고, 대학 동기 절친과 후배 선생님들, 그리고 대학 연극 동아리 친구들은 향기로운 꽃바구니로 나의 시작을 축복했다. 그날의 공간은 사람들의 마음과 시간으로 가득 채워졌다.

너무 감사한 시간이었다. 당연히 윤명희도, 이은진도 왔다. 현장에는『부산 세탁소』를 읽은 후배 선생님과 그녀의 친정어머님도 자리하고 계셨다.

낯선 독자들의 눈빛에서 나는 위로와 공감을 보았다. '작가와의 대화' 시간, 처음 만난 독자들이 던지는 신선한 질문들은 나를 설레게 했고, 나는 그들의 진심 어린 시선 속에서 글이 사람과 사람의 마음을 연결하는 순간을 직접 경험했다. 그러나 무대에 오르기 전, 공황은 조용히 나의 심장을 두드렸다. 숨은 잠시 가빠졌고, 손끝은 차가워졌다. 하지만 이 떨림은 두려움이 아니라, 내가 이 순간을 얼마나 진심으로 원하고 있었는지를 나는 알고 있었다.

그리고 나는 천천히, 그러나 단단하게 마이크를 잡았다. 첫인사를 하는 순간, 객석을 메운 박수와 따뜻한 시선이 파도처럼 밀려왔다. 그 파도 속에서 나는 비로소 공황을 떨쳐내고 편안하게 진행할 수 있었다.

『부산 세탁소』는 온일덕의 이야기이지만, 동시에 나의 이야기이며, 공황과 함께 살아낸 수많은 날들의 증언이다. 흔들리면서도 품위를 잃지 않고, 무너지면서도 삶을 사랑하기를 멈추지 않았던 시간들이 고스란히 다 들어있다.

나는 오늘 하루도 우아하게 살아냈다. 그리고 또『플라스틱 뷰티』라는 제목의 장편소설에 도전하고 있다.

제24화

나에게 선물하는 장미 한 송이의 행복

매달 25일이면 나의 휴대폰에 뜨는 간단한 알림 한 줄이 있다.

'연금 지급 내역이 다음과 같습니다.'

하지만 그 문장은 내게 단순한 숫자가 아니라, 스물넷부터 예순이 되는 36여 년의 직장 생활을 끝까지 해낸 사람에게 보내주는 감사 인사 같아 기분이 늘 좋다. 그리고 20여 년간 공황을 품고, 늘 흔들리면서도 나름 교직생활을 포기하지 않고 열심히 해낸 나에게 주는 크리스마스 선물처럼 느껴진다.

나는 분명 힘들었다. 누군가의 시선 한 줄기에도 심장이 쪼그라들던 날들, 교무실 출입문 앞에서 손끝이 차갑게 식던 순간, 출근길 아파트 엘리베이터 안에서 아무 이유 없이 밀려오는 숨 막힘까지 모두 나를 힘들게 했다.

그래도 나는 살아냈다. 마흔두 살부터 시작된 공황이 지금까지 마치 그림자처럼 따라다녔지만, 나는 그 그림자와 함께 수업도 열심히 했고, 아이들과의 소통도 최선을 다했다. 그리고 결국, 나는 스스로에게 연금을 선물할 자격을 만든 사람이 되었다.

퇴직을 한 후 첫 연금을 받는 날, 2022년 9월 25일이었다. 그날, 처음 작은 의식을 하나 만들었다. 명희를 만나고 집으로 돌아오는 길, 골목 끝 꽃가게에 들렀다.

'나에게 어떤 장미가 어울릴까?'

꽃가게 문을 열자, 상큼한 꽃향기와 함께 늘 친절한 꽃집 아주머니가 활짝 웃는 얼굴로 인사를 해주신다. 이제 벌써 3년이 되어간다.

"아, 오늘 25일이네요. 축하 장미 드릴까요?"

꽃가게 아주머니는 내가 왜 꽃을 사는지 알고 있다. 처음에는 부끄러워 말하지 않았다. 그런데 어느 날 문득 꽃집 아주머니와 수다를 떨고 싶었다.

"제가 스무 해 넘게 공황을 앓았는데도 직장생활을 다 해냈어요. 그래서 매달 나에게 장미꽃을 선물해주고 싶어서요."

나는 수줍게 이야기를 꺼냈다. 아주머니는 꽃잎을 다듬던 손을 멈추고 말했다.

"공황장애 말씀이죠? 정말 대단하시네요. 이제부터 제가 선생님에게 더 잘 어울리는 장미꽃으로 챙겨드릴게요."

주인아주머니는 따뜻한 보이차도 같이 챙겨주셨다. 아주머니의 말을 들었을 때, 나는 누군가에게 진심으로 인정받는다는 것이 이렇게 행복한 일이라는 걸 처음 알았다. 아주머니는 항상 나에게 가게에서 가장 빛나는 장미를 골라준다. 꽃잎 끝까지 물이 올라 색이 선명한 장미를 오래오래 정성 들여 골라주신다. 집에 돌아와 꽃병에 장미를 꽂는 순간, 나는 나에게 말해준다.

"공황장애? 어쩌라고? 나는 그걸 안고도 36년을 버텨낸 사람이야. 그리고 지금 이 순간도 넌 저 장미꽃보다 더 우아하게 살아가는 사람이야. 너 정말 멋지다."

식탁 가운데 꽂혀있는 연분홍 장미는 지나온 나의 삶의 트로피 같다. 마치 각종 영화제에서 배우들이 받는 트로피처럼 빛이 난다. 앞으로 살아갈 날들도 절대 나 자신을 함부로 대하지 않겠다는 다짐처럼 장미꽃에서 빛이 난다.

우아함이란 태어나는 게 아니라, 쓰러질 듯한 날에도 다시 일어서는 사람에게 적금통장처럼 차곡차곡 쌓이는 것이라는 걸, 나는 오늘 또 깨닫는다.

제25화

친정아버지가 떠나던 날

아버지가 떠나던 날, 나를 만들어준 모든 장면들이 어제 일처럼 생생하게 떠올랐다. 아버지는 평생을 '새벽'이라는 이름으로 사셨다. 몸이 성치 않아도, 허리가 끊어질 것처럼 아파도, 그 불편한 몸으로도 새벽 4시면 어김없이 일어나셨고 새벽 5시면 언제나 세탁소 문을 열었다. 그 문을 여는 소리가 우리 가족이 하루를 버티게 하는 기도 소리 같았다. 그리고 그런 강철같은 아버지가 내가 둘째를 임신한 지 5개월이 되던 어느 날, 뇌종양 진단과 함께 너무 빨리 나의 곁을 떠났다. 아버지 나이 겨우 예순이었다. 너무 젊었고, 너무 일만 하시다가, 정말 아무것도 누리지 못한 채, 하늘나라로 가버렸다.

나는 그날 이후로, 종종 아버지의 꿈을 꾸다 나도 모르게 엉엉 소리 내어 울다 잠이 깬 적이 수십 번이다.

분명 서럽게 울다가 깼는데도, 나에겐 아버지를 만났다는 묘한 행복감이 하루 종일 충만하다. 그중에서도 잊히지 않는 장면들이 있다.

아버지와 함께 먹은 인생 첫 짜장면은 지금도 달콤하게 나의 가슴속에 남아있다.

어린 시절이었다. 중학교 2학년 어느 햇빛 좋은 날, 내가 전교 1등을 했던 날, 아버지는 가게 문을 일찍 닫고 나에게 "짜장면 먹으러 가자"고 하셨다. 나는 그 말이 세상에서 제일 큰 선물처럼 들렸다.

빛바랜 낡은 간판을 내건 조그마한 중국집에서 검고 윤기 나는 짜장면이 내 앞에 놓였을 때, 아버지는 내 얼굴을 보며 웃으셨다.

"정순아, 맛있지? 사실 이 아버지도 짜장면이 처음이다."

언니에게도 오빠에게도 남동생에게도 비밀에 부쳐야만 했다. 돈이 없어, 그즈음 우리 가족은 쌀독도 매일매일 확인을 해야만 하던 시절이었다.

"아버지, 나 나중에 어떤 사람이 되면 좋겠어요?"

"나는 무조건 선생님이지. 네가 교사가 되면 이 아버지는 아무 소원이 없겠다."

아버지의 한마디에 나는 고개를 크게 끄덕였고, 아버지는 마치 세상을 다 얻은 사람처럼 커다랗게 보였다.

나는 결국 그 약속을 지켰다. 지금 생각하면, 아버지는 자신보다 내가 먹는 모습을 보는 게 더 큰 행복이었던 것이다. 그날, 아버지는 기름에 잔뜩 절은 누런 종이에 다섯 개의 군만두를 포장해 집으로 가져갔다. 언니와 오빠와 남동생은 군만두를 게눈 감추듯 너무 맛있게 먹었다.

그날 아버지의 그 웃음 속에, 내 아버지의 삶이 얼마나 단단하고 아름다웠는지 이제야 알 것 같다. 그리고 우리 가족 누구도 몰랐던 아버지의 다정함을 나는 잘 알고 있다. 엄마가 집을 나가고, 우리 곁에 계시지 않던 시절이었다. 어린 나는 생리가 무엇인지 제대로 알지도 못했고, 게다가 철도 없었다. 천으로 된 생리대를 쓰던 시절, 그것을 내가 빨아야 한다는 기본적인 상식조차 몰랐다.

아버지는 말없이 그것을 손수 빨아주셨다. 부끄러움도, 수치심도 느끼지 못하던 어린 나는, 그저 아버지가 빨아주는 대로, 아버지가 야무지게 폭폭 삶아 빨랫줄에 널어놓은 새하얗게 마른 천을 다시 썼다. 아버지는 내가 혹시라도 상처받을까, 혹시라도 민망해할까, 단 한 번도 내게 그 일을 힘들다 말한 적이 없었다. 그 손은 늘 따뜻했고, 나는 그 온기를 오래도록 몰랐다. 어린 마음으론 알 수 없었던 그 사랑이 지금은 내 가슴을 자꾸 찌른다.

"아버지, 그때의 저, 정말 철이 없었어요. 생리대까지 아버지께 맡기고, 정말 죄송해요, 그리고 어머니 없이 혼자 쓸쓸할 아버지 그 힘든 마음을 제가 한 번도 위로해 드리지 못하고, 돈도 벌어 오래오래 아버지께 다 드리고 싶었는데, 너무 빨리 결혼해 아버지 곁을 떠나 버렸어요. 아버지 정말 죄송해요."

아버지가 떠난 뒤, 그 기억들이 더 또렷해지고, 그 따뜻한 손길이 더 사무치게 그리워졌다. 아버지의 마지막 길을 임신한 몸으로 따라간 날이 오늘따라 더 생각난다.

아버지의 발인 날, 6월의 더위는 잔인하게 뜨거웠다. 꽃상여가 천천히 움직이기 시작했고, 상여꾼의 길고 낮은 소리가 마을 골목을 따라 진동했다. 언니가 내 손을 잡고 말했다.

"정순아, 너 임신했잖아. 그리고 요즘 몸 상태도 좀 좋지 않고, 오늘은 그냥 집에서 쉬어. 아버지도 이해해 주실 거야."

하지만 나는 흔들리지 않았다.

"언니야, 나, 아버지 마지막 길, 딸로서 끝까지 함께 할래. 뱃속의 이 아이도 이해해 줄 거야."

그날 나는 두 시간 넘게 걸었다. 더위가 등을 짓눌렀고, 땀은 배와 등을 타고 줄줄 흘렀지만, 한 발 한 발 내디딜 때마다, 아버지와의 기억이 나를 붙잡았다.

짜장면 앞에서 웃던 얼굴. 나의 생리대를 빨던 아버지의 주름진 손. 새벽마다 세탁소 문을 열던 아버지의 뒷모습. 한쪽 다리를 절룩이며 웨딩드레스를 입은 나의 손을 잡고 남편에게 인도하던 아버지의 쓸쓸한 모습, 그 모든 장면이 꽃상여와 함께 주마등처럼 스쳐 지나갔다.

아버지가 흙 속으로 내려가는 순간, 내 안에서 무너지는 소리가 났다. 그건 단순한 슬픔이 아니라, 이 세상에서 유일하게 기댈 수 있는 나의 안식처이자 나의 울타리가 와르르 부서지는 소리였다.

그날 아버지는 떠났고, 그날도 엄마는 돌아오지 않았다. 하지만 아버지의 묘지 앞에서 나는 아버지에게 속삭였다.

"아버지⋯ 이제야 아버지의 사랑을 깨달았어요. 겨우 이제야⋯ 정말 뒤늦게⋯ 아버지 죄송해요⋯. 하늘나라에서는 모든 짐 다 내려놓고 편히 쉬세요⋯."

그리고 나는 배를 감싸 쥐고, 어린아이처럼 크게 소리 내어 펑펑 울었다. 아버지가 떠난 그날도 나는 여전히 아버지의 마냥 철없는 어린 딸이었다.

제26화

공황장애? 어쩌라고? 난 우아하게 살 거야

공황장애는 내 삶에 찾아와, 나를 흔들고 때로는 무너뜨리려 했다. 하지만 이제 나는 안다. 그 불안과 공황 속에서 나는 살아있음을 배웠고, 평범한 일상의 소중함과 내 안에 이미 존재하던 단단함을 배웠다. 교직에서의 갈등, 학생과의 불화, 상사의 날카로운 말, 그리고 어린 시절부터 이어진 상처와 트라우마. 그 모든 순간이 나를 시험했지만, 나는 흔들렸지만, 끝까지 무너지지는 않았다.

불안 속에서도 중심을 잡고, 숨을 고르고, 작은 루틴과 자기 관찰로 하루를 이어갔다. 나는 이제 더 이상 공황장애를 부끄러워하지 않는다. 오히려 그것을 통해 나는 몸의 감각과 자신의 마음을 깨우는 법을 배웠다. 심장이 뛰고, 손끝이 떨려도, 나는 그것을 억누르지 않고, '지금의 나를 느낄 기회'로 받아들인다.

그리고 평범한 하루가 얼마나 큰 선물인지, 아이들의 웃음, 남편의 말 한마디, 차 한 잔, 햇살과 바람, 공원 산책, 작은 루틴과 숨 고르기. 그 모든 것이 내 삶을 우아하게 만드는 재료였다. 불안과 공황은 여전히 찾아오지만, 이제 나는 그것과 공존하며 살아갈 수 있다. 이제 내 나이 예순셋이다. 공황과 같이 지낸 지도 어느덧 이십 년이 넘는다.

나의 꼬맹이 둘은 이제 훌쩍 자라 30대 어른으로 성장했다. 이번 주 토요일에는 첫째 딸아이의 결혼식이 있다. 내가 겪었던 '엄마 없는 슬픈 결혼식'은 우리에게 없다. 중학생 꼬맹이와 했던 약속을 지킬 수 있게 되었다. 수아의 결혼식에 나도, 남편도 옆에 있다. 나는 고운 한복을 입고, 화촉을 직접 밝히며, 사랑스러운 사위를 포근하게 안아주는 우아한 장모님이 되어 줄 것이다.

지금도 가끔 흔들리고, 4주에 한 번씩 병원을 방문하고. 약을 복용하고, 그리고 때로는 두려움을 마주하지만, 그 속에서도 나는 절대 중심을 잃지 않는다.

내 안의 단단함,

내 삶의 루틴,

내 마음의 관찰.

그리고 나를 사랑하는 가족들이 나를 흔들리지 않게 붙들어준다.

스스로를 너무 돌보지 않고, 앞만 보고 급하게 살아가다 마흔두 살에 발병한 공황장애를, 이제 나는 두려워하지 않는다. 그리고 그것은 인생을 즐기며, 천천히 조금씩 나를 다독이며 살아가라는 마음의 작은 신호라는 것도 알게 되었다.

공황장애?
어쩌라고?

나는 지금 살아 있고, 남편과 여전히 여행도 할 것이고, 여전히 그림도 그리고. 여전히 산책도 하고. 여전히 요리도 하고, 지금 이 순간도 따뜻한 차를 마시며 행복하게 살아가고 있다. 앞으로 그 어떤 시련이 닥쳐와도, 어머니가 나에게 부탁한 대로, 난 우아하게 살 거야.

『모녀』
나의 딸 수아가 대학 3학년 때 기숙사에서 찍은 사진을 보며 그린 작품이다. 수
아가 가장 어여쁜 순간이다. 지금 글을 쓰는 이 순간에도 그 시절로 돌아가고
싶다.

CHAPTER 3 ✦ 오늘, 마음속 하나가 새겼다

제27화

불안을 친구로 만들다

나는 한동안 불안을 적으로 대했다. 불안은 무조건 내 삶을 방해하고, 하루를 무너뜨리고, 숨을 세게 흔드는 존재라고만 생각했다. 그래서 불안이 오면 맞서 싸우기 바빴고, 이기지 못한 날이면 스스로를 탓했다.

'나는 왜 이렇게 약할까.'

그런 자책은 불안을 더 크게 자라게 하는 비료 같은 것이었다. 불안은 내가 밀어낼수록 자석처럼 더 가까이 붙어왔다.

그러다 어느 날, 문득 이런 생각이 들었다.

'만약 이 불안이 나를 망치려고 온 게 아니라, 나를 지키기 위해 온 것이라면 어떨까? 너무 오래 버티며 살던 내가 신호를 듣지 못하자, 불안이 마지막으로 보내온 경고였다면 어떨까?'

그렇게 생각하자 불안이 조금 달리 보이기 시작했다. 적에서, 동반자로. 두려움에서, 조용한 안내자로 변하기 시작했다.

이제 나는 불안을 밀어내지 않는다. 불안이 찾아오면 마음속 의자 하나를 꺼내어 조용히 앉힌다. "왔구나. 오늘은 또 무슨 이야기를 하려고 왔어?" 그렇게 묻고 나면, 불안은 생각보다 빨리 왔던 길을 잃고 헤맨다. 불안은 나를 위협하려고 온 게 아니라, 그저 남아 있던 상처를 알려주고 싶은 마음이었음을 알게 된다. 불안은 나를 괴롭히려는 것이 아니라, 내가 나를 돌보지 못했던 지점을 슬쩍 짚어주는 존재가 된 것이다.

예전의 나는 불안이 오면 세상이 끝날 것 같았다. 이제 나는 안다. 불안은 나와 함께 걷는 존재일 뿐, 내가 걸어야 할 길을 막는 훼방꾼이 아니다. 불안과 손을 마주 잡는 일이 처음엔 서툴고 어색했지만, 그 손을 한번 잡고 나니 길은 생각보다 더 넓었다. 불안을 부정하지 않고 함께 걸을 때, 오히려 내가 더 멀리 갈 수 있다는 사실을 차츰차츰 배우게 되었다.

공원 벤치에서, 버스 안에서, 카페 한구석에서 갑자기 찾아오는 그 불편한 감정도 이제는 예전처럼 당황스럽지 않다. 불안은 단지 "조금 쉬었다 가자"라고 말하고 있는지도 모른다. 혹은 "너무 오래 참았어, 이제 나에게 조금 기대도 돼"라고 말하고 있는지도 모른다. 불안을 친구처럼 대한다는 건, 이제 내가 그 목소리를 알아들을 수 있게 되었다는 것이다.

나는 이제 불안을 적으로 삼지 않는다. 불안은 내 안의 가장 어린 부분이고, 그 어린 마음을 달래는 일은 오직 나만이 할 수 있다. 불안이 오면, 한 걸음 천천히 내딛는다. 손끝이 떨려도, 숨이 고르지 않아도 괜찮다. 불안을 함께 데리고 걸으면, 길은 더 이상 어둡지 않다. 불안은 나를 멈추기 위한 존재가 아니라, 나를 지켜주려는 또 다른 나였다는 걸, 예순셋이 된 지금, 나는 이제야 조금 알 것 같다. 그래서 오늘도 나는 불안에게 말을 건다.

"괜찮아. 같이 가자. 나는 너와 함께여도 살아갈 수 있어."

다섯 번은 하늘을 보자

하루에 다섯 번 하늘을 바라보는 일은 생각보다 큰 용기를 필요로 한다. 마음이 어지러울 때는 시선을 들어 올리는 일조차 쉽지 않다. 눈앞의 일, 가슴을 짓누르는 감정, 예고 없이 밀려드는 불안이 시야를 좁게 만들기 때문이다. 하지만 나는 어느 순간, 마음이 흔들릴수록 더 높이, 더 멀리, 마음이 편안해지는 곳을 바라봐야 한다는 것을 알게 되었다.

그래서 하루 다섯 번을 정해 하늘을 올려다보는 작은 습관을 일부러 만들었다. 첫 번째 하늘은 아침에 베란다 창문을 열며 마주한다. 아직 잠이 덜 깬 눈으로 보이는 흐릿한 하늘은 마치 내 하루의 상태를 담담하게 알려주는 기상예보 같다. 구름이 잔잔한 날은 마음이 조금 안정되고, 흐린 날은 괜히 센티멘털해지지만, 어떤 하늘

이든 "오늘 하루도 행복하자!"라는 조용한 다짐을 건넨다.

두 번째 하늘은 시립도서관, 미술학원 등 집을 나설 때 지나가는 순간에 잠깐 본다. 바로 위가 아니라 내 앞의 길을 덮고 있는 넓은 우산처럼 느껴지는 하늘이다. 출근길의 사람들, 자동차 소리, 바쁜 걸음들 속에서 하늘을 올려다보면 이상하게도 속도가 조금 늦춰진다. 마음이 텁텁한 날에는 하늘이 나 대신 깊게 숨을 쉬어주는 것 같다.

세 번째 하늘은 나의 일과를 마치고 집으로 돌아올 때, 의도적으로 바라본다. 불안이 스멀거리며 올라오거나 가슴이 갑자기 답답해질 때, 나는 잠시 멈춰 하늘을 본다. 그 순간은 마치 몸속의 매듭 하나가 천천히 풀리는 느낌이다. 아무것도 해결되지 않았는데도, 단지 위를 바라봤다는 이유만으로 상황이 덜 무겁게 느껴진다. 하늘은 늘 아무 말도 하지 않지만, 나를 조용히 감싸는 완충제 같다.

네 번째 하늘은 오후의 빛이 노곤하게 내려앉을 때 찾아온다. 한참 집중하다가 문득 창밖을 보면, 햇빛이 기울며 만들어내는 색이 하루의 반을 넘었다는 사실을 알려준다. 그 순간마다 나는 "오늘도 이 시간까지 잘 왔구나. 이제 가족을 위한 저녁을 준비해야지."하고 나 자신을 다독인다. 이 작은 다독임이 마음의 근육을 아주 조금씩 키우는 것 같다. 불안한 마음도, 지친 감정도, 햇빛 아래 조금씩 녹아내리며 부드러워진다.

그리고 마지막 다섯 번째 하늘은 밤이다. 거의 매일 나의 아들과 공원을 산책하는 시간이다. 하루를 나의 루틴대로 행복하게 살아낸 나를 달래주는 하늘. 짙은 남색, 검은 구름, 혹은 반쯤 드러난 달빛이 내려앉은 하늘은 하루 동안 내가 흘린 염려들을 조용히 덮어준다. 별이 보이면 괜히 마음이 울컥하고, 달이 둥글게 떠 있으면 묘하게 안심이 된다. 어둠 속의 하늘은 오히려 나를 가장 따뜻하게 감싸준다. 이제 막 새로운 직장에 입사하기 위한 연수를 시작한 아들의 이야기도 나를 무척 행복하게 해준다.

이렇게 하루 다섯 번 하늘을 바라보는 일은 아주 사소한 행동이지만, 내 마음을 지탱해주는 작은 의식이 되었다. 바쁘고 불안한 날에도, 잠시 하늘을 올려다보면 마음의 중심이 다시 제자리로 돌아오는 느낌이 든다. 하늘은 늘 그 자리에 있고, 나는 그 하늘을 바라보는 일로 하루를 살아낸다.

하루 다섯 번의 하늘은 나에게 다섯 번의 숨, 다섯 번의 위로, 그리고 다섯 번의 회복을 준다. 그 작은 반복이 지금의 나를 여기까지 데려왔다.

오늘도 나는 하늘을 본다. 살아내기 위해서, 그리고 조금 더 행복해지고 싶어서.

제29화

엘리베이터 혼자 타기

엘리베이터 앞에 서면 나의 마음이 먼저 반응한다. 층수를 알리는 불빛이 내려오는 동안, 나는 늘 도망칠 이유부터 찾곤 했다. '계단을 이용할까? 누가 함께 들어오길 기다릴까? 아니면 아예 시간을 조금 늦출까?' 작은 상자 같은 이 공간은 항상 나를 시험하는 실험상자처럼 느껴졌다. 앞으로 한 발만 내디디면 되는 단순한 일인데도 마음속에서는 수없이 많은 가능성이 튀어 올랐다.

'혹시 문이 갑자기 멈추면 어떡하지? 숨이 가빠지면 어떡하지? 혼자 있을 때 갑자기 추락하면 어떡하지?'

누구에게도 말한 적 없는, 나만의 은밀한 두려움이 엘리베이터 앞에서 항상 나를 두렵게 만들었다. 그래서 어느 날, 일부러 아무도 없는 낮 시간을 골랐다. 엘리베이터 문이 조용히 열리는 순간, 나는 낯선 나라로 들어가는 여행자처럼 조심스럽게 발을 들여놓았다. 문이 닫히자, 어쩐지 마음도 함께 갇히는 것 같아 잠시 심장이 두근거렸지만, 오늘만큼은 그 순간을 피해 가지 않기로 했다. 손바닥이 뜨끈해지도록 '12' 버튼을 꾹 눌렀다. 작은 진동이 바닥에서 올라오고, 상향 화살표가 점등되면서 나는 내부의 떨림을 세는 대신 창문 없는 이 공간에서 나 자신을 지켜주겠다고 다짐했다.

12층 도착을 알리는 '띵' 하는 짧은 소리가 생각보다 부드러웠다. 아무 일도 일어나지 않았다. 문이 열리자 내 숨이 가장 먼저 바깥으로 나갔다. 나는 천천히 발을 내디디며 미세하게 떨리던 손을 내려다보았다. 그 작은 떨림이 부끄럽지 않았다. 오히려 마음의 근육이 아주 조금 생겨난 증거 같았다. 다음번에는 한층 더 여유롭게, 언젠가는 누가 옆에 있든 없든 신경 쓰지 않고 탈 수 있을 것이라는 어렴풋한 자신감도 느껴졌다.

엘리베이터는 단지 층을 오르내리는 기계였지만, 그날의 나는 공황에 떨던 나 자신을 한 층 더 올려보내고 나왔다. 이 작은 실험상자 안에서, 나는 누구보다 조용하게 성장하고 있다.

제30화

돌아온 엄마에게 더 다정하기

엄마는 결국 우리 곁으로 돌아왔다. 오래된 상처처럼 아물지 않았던 시간들이 여전히 살갗 밑에서 쓰라릴 때도 있었지만, 그 자리로 다시 걸어 들어온 엄마는 예전과는 조금 달랐다. 그리고 사실, 우리도 달라져 있었다. 언니와 오빠, 남동생은 처음엔 냉담했고 나 역시 마음 한쪽에서 찬바람이 스치듯 쌀쌀맞게 굴 때가 많았다. 말로는 용서하고 싶다고 했지만 몸과 표정은 그 말에 금방 동의하질 못했다. 무심히 내뱉은 말들이 엄마의 마음을 얼마나 아프게 하는지를 잘 알면서도, 그때의 나는 아직 마음이 너무 좁았다.

하지만 공황이 나를 한 번 깊이 흔들고 지나간 이후, 마음의 무늬가 조금씩 달라졌다. 세찬 파도처럼 몰아치던 불안 속에서 나를 붙잡아 준 건 결국 누군가의 손끝이었다는 사실을 깨닫고부터였다.

그때부터 나는 '살아남은 사람'이 아닌 '살아가는 사람'으로 바뀌었다. 그래서였을까? 돌고 돌아 결국 우리 곁에 돌아온 엄마가 혼자, 사천의 낡은 주택에서 홀로, 이제 여든아홉의 할머니가 되어 하루하루 외로운 삶을 이어가는 것이 문득 불쌍하게 느껴졌다. 아무도 대신 살아줄 수 없는 늙음이라는 그 영역을 홀로 힘겹게 건너고 있는 엄마의 모습이, 하나씩 보이기 시작했다.

그래서 요즘은 주말이면 꼭 엄마를 만나러 간다. 엄마와 점심을 함께 먹고, 카페로 자리를 옮겨 천천히 시간을 많이 가진다. 토요일에는 남편과, 일요일에는 딸 수아와 교회 예배도 같이 드린다. 우리 셋이 나란히 앉으면, 자그마한 키에 동그란 얼굴에, 꼭 닮은 이목구비가 이어 붙인 한 폭의 그림처럼 보여서인지, 목사님은 늘 미소를 띠며 우리를 바라보신다. 서로의 모습을 닮는다는 건 결국 같은 세월을 공유했다는 뜻일지도 모른다. 엄마의 눈매가 내게, 그리고 수아에게 이어진 것이 새삼스럽게 신기하면서도 고맙게 느껴졌다.

3년 전부터 엄마는 치매 5급 진단을 받고 약을 드신다. 주중에는 요양보호사님이 도와주시지만, 엄마의 가장 큰 기쁨은 그런 도움의 손길 속에 있는 게 아니다. 엄마에게 진짜 행복은 카페에서 나와 수아와 함께 달달한 캐러멜 마키아토나 바닐라 라테를 마시는 시간이다. 모녀 셋이 같은 단맛을 한 모금씩 나누면, 엄마는 어린아이처럼 눈을 반짝이며 "커피 맛 참 좋다! 우리 딸, 고맙다!"며 박수까지 치며 말한다. 그 말 한마디에 나도 괜스레 가슴이 따뜻해진다. 엄마를 향한 감정 중에는 미움도 있고 서운함도 있고 억울함도 있었지만, 그 모든 것이 결국 가족이라는 이름 아래에서 천천히 녹아 없어지고 있다는 걸 느낀다.

가끔은 여전히 엄마가 미워서 불쑥 골을 내고 만다. 어쩌면 그건 엄마를 미워해서가 아니라, 그때의 나를 미워해서인지 모른다. 오래전의 나, 다친 마음을 제대로 말하지 못했던 나, 이미 늙어가는 엄마 앞에서 더 따뜻하게 보살펴드리지 못했던 나. 불쑥 올라온 감정은 엄마보다 나 자신에게 더 화살을 겨누었을지도 모른다.

하지만 이제는 다르게 해보려고 한다. 엄마의 마지막 계절을 향해 가는 이 시간에, 나는 더 다정한 사람이 되고 싶다. 손을 잡아드리고, 같은 속도로 걸어드리고, 사소한 말투 하나까지도 부드럽게 건네고 싶다. 언젠가 이 시간이 지나버렸을 때, 나는 후회라는 감정을 느끼기가 싫다.

카페에서 달달한 커피 향이 피어오를 때면, 엄마의 마지막 남은 삶을 내가 지켜드리는 것이 아니라, 오히려 엄마가 나에게 남아 있는 따뜻함을 다시 불러와 주는 듯하다. 세월이 만든 상처가 아무리 깊어도, 이렇게 작은 단맛 하나로 우리는 다시 가족이 된다. 그리고 나는 그 사실이 너무도 고맙다. 이제야 조금씩 깨닫는다. 캐러멜 마키아토와 바닐라 라떼 한 모금에서도, 엄마의 손을 살짝 잡아주는 것에서도, 이미 다정함은 시작된다.

아, 물론 난 디카페인으로 마신다.

제31화

하루 30분 독서하기

하루 삼십 분의 독서는 어느새 내 삶의 가장 단단한 루틴이 되었다. 그 시간은 누구에게도 빼앗기지 않는 나만의 작은 방처럼 느껴진다. 책장을 넘기는 동안 나는 내 안의 조용한 숨결을 다시 찾아낸다. 그리고 알게 되었다. 독서는 남의 인생을 구경하는 일이 아니라, 잠시 그 인생을 대신 살아보는 일이란 걸. 내가 한 번도 서보지 못한 길 위에 잠시 서보고, 내가 경험하지 못한 고통을 몸 안에서 되새겨 보는 것이다. 그렇게 읽을 때마다 마음의 근육이 조금씩 자라는 것 같다. 쓰러질 것 같은 마음도, 더 이상 가지 못할 것 같은 순간도, 독서는 나를 다시 일으켜 세웠다.

얼마 전 읽은 『외계인 자서전』에 등장하는 주인공 아디나는 이상

할 만큼 나와 닮아 있었다. 닭으로 매번 끼니를 때우는 가난, 어린 시절 갑자기 떠나버린 아빠. 외로운 궤도를 맴돌며 자신의 자리를 찾기까지 얼마나 많은 충돌을 겪었을지, 책 속의 문장 하나하나가 오래전 나를 들여다보는 거울 같았다.

나 역시 매일 수제비와 국수, 그리고 김치국밥으로 끼니를 때우던 어느 날이 있었고, 엄마가 갑자기 사라졌다. 아디나와 똑같이 닮았지 않은가? 세상과 부딪히고, 상처받고, 버려진 듯한 마음으로 하루를 버티던 아디나의 걸음이 낯설지 않았다. 내가 어렵게 살아온 시간들이 어느새 문장 속에 흘러 들어가 있었고, 나는 그 문장을 따라가며 내 과거와 화해하는 법을 배웠다. 그리고 맘에 드는 문장을 필사도 했다.

'정말 중요한 것은 눈에 보이지 않아요.'

'어린왕자, 하나의 존재가 세상에 머무는 이유에 대한 우화.'

'선생들은 서로 대체 가능한 부품처럼 대부분 똑같아 보인다.'

'안녕! 나 투명인간 아니거든! 난 여기 이 세상에 있다고!'

또 다른 책, 『월요일 수요일 토요일』의 주인공 린다는 또 다른 방식으로 내 마음을 흔들었다. 매일 자동차에 뛰어들어 죽고 싶을 만큼 절망에 잠겨 있으면서도, 후베르트 할아버지의 간병만큼은 정성껏 해내는 그녀의 모습은 이상하리만큼 나를 닮아 있었다. 공황이 절정이던 시절, 나 역시 모든 것을 포기하고 싶었던 시간들이 있었다. 세상이 너무 무겁고, 숨 하나 내쉬는 일도 버거웠던 시절이었다. 그때의 나는 린다처럼 절벽 끝에 서 있었지만, 묘하게도 하루하루를 버티는 일은 놓지 않았다. 작은 일상 하나라도 성실하게 이어가는 그 끈이 나를 이끌어 주었다.

그렇게 하루를 버티고, 한숨을 견디고, 마음의 근육을 조금씩 키워온 날들이 결국 나를 안전하고 행복한 지금, 여기까지 데려왔다고 생각한다.

매월 25일이면, 책 한 권을 사는 여유, 장미 한 송이를 화병에 꽂아두는 여유, 엄마에게 생활비를 조금 더 보태드릴 수 있는 여유. 예전의 나는 상상도 하지 못했던 일들이었다. 살아남기만 하던 삶에서, 조금은 살아가고 싶어지는 삶으로 넘어온 건 결국 읽고, 느끼고, 공감하는 그 작은 독서의 순간들이 쌓여서인 것 같다.

독서는 참 멋지다. 누군가의 삶이 나의 상처를 안아주고, 또 나의 상처가 또 다른 누군가의 문장을 더 깊게 이해하게 만들어준다. 삼십 분의 독서는 세상에서 가장 작은 시간 같지만, 그 안에서 나는 매일 다시 태어난다. 마음이 흔들리던 날에도, 울컥하는 감정이 차오르던 날에도, 책 속 인물들은 나보다 먼저 어둠을 지나간 사람답게 조용히 옆에 서 있다. 그리고 나는 그들의 걸음을 따라 조금씩 앞으로 걸었다.

내 안에서 또 하나의 근육이 자라는 소리를 듣기 위해, 계속해서 행복하고 우아하게 살아가 보기 위해, 오늘도 나는 독서를 한다.

제32화

무계획인 하루 보내기

나는 평생을 계획으로 버티며 살아왔다. 교직 시절엔 시간표가 곧 내 삶의 리듬이었고, 육아 시절엔 아이의 스케줄이 나의 날을 대신 정리해주었다. 퇴직 후에도 공황이 언제 찾아올지 몰라, 더 촘촘하게 하루를 쪼개어 '안전한 루틴' 속에서만 숨을 쉬며 살았다.

그러나 어느 날 문득, 내가 나 자신에게 허락하지 않은 게 하나 있다는 걸 깨달았다.

"멈춤."

가만히 있어도 되는 시간, 아무 계획도 세우지 않아도 되는 하루. 아무것도 하지 않는 용기를 갖고 싶었다. 그래서 조심스레 '무계획의 날'이라는 작지만 큰 도전을 시작했다. 일주일에 딱 하루, 시간표도, 목표도, 할 일도 없는 날.

아침에 일어나서 "오늘은 무엇을 해야 한다"가 아니라 "오늘 나는 어떤 기분으로 살까?" 그것부터 묻는 날을 만들기로 했다. 처음엔 불안이 끓어올랐다. 무언가를 못 하고 있는 것 같고, 휴식조차도 점검을 해야 할 것만 같았다. 하지만 조금 더 가만히 있으니, 내 안에서 오래 눌러두었던 소리가 들려왔다.

"괜찮아, 오늘은 아무것도 안 해도 돼. 그저 숨만 쉬어도 너는 충분해."

나는 그 말을 기다려온 사람이었다. 누군가에게 듣고 싶었지만, 세상 누구도 해주지 않았던 그 말, 결국 나 스스로가 나에게 해준 가장 따뜻한 위로였다.

'무계획의 날'에는 원하면 디카페인 커피(나는 따뜻한 차가 원칙이지만)를 마시고, 원하면 눈에 뜨이는 골목길을 걷고, 원하면 종일 방 안에서 누워 책을 펼쳤다가 덮기도 한다. 간단한 요리를 하다가, 갑자기 패션이나 요리 유튜브 영상을 찾아보기도 하고, 창밖을 멍하니 바라보다 햇빛의 움직임에 마음을 주어 버릴 때도 많다.

신기하게도 아무것도 하지 않는 이 하루가 나를 가장 많이 살려낸다. 이상하게 불안이 줄어들고, 움츠러들었던 마음이 다시 숨을 쉬기 시작한다. 그리고 그다음 날은 훨씬 더 단단한 내가 되어 있다. 사람들은 도전이라고 하면 뭔가 거창한 것을 떠올리겠지만, 나에게 가장 큰 도전은 '나를 조용히 쉬게 허락하는 것'이다.

예순셋의 나는, 여전히 공황을 품고 살아가지만 쉬는 용기가 움직이는 용기보다 훨씬 더 크다는 것을 이제는 안다.

'무계획의 하루'는 내 삶을 어지럽히는 하루가 아니라 나를 다시 살려내는 하루다. 그리고 그 하루 덕분에 나는 또 우아하게 그리고 행복하게 한 주를 걸어갈 수 있다. 누군가에게 떠밀려 사는 하루가 아니라, 내가 나를 살리는 하루. 그게 바로 나의 '무계획의 날' 도전이다. 오늘도 마음근육 하나가 생겼다.

『기품』
아메데오 모딜리아니 작품 '하얀 블라우스를 입은 루냐 체코프스카의 초상'을
모사하면서 우아하게 공황을 이겨냈다.

제33화

혼자 카페에 가다

공황이 깊어지면, 사람들은 흔히 나에게 말했다.

"카페에서 커피 한 잔 마시고 와. 기분전환 돼."

하지만 그 말은 내게 너무나 먼 이야기였다. 나는 커피 한 모금도 마실 수 없는 사람. 심장이 조금만 빨리 뛰어도 불안이 솟구치는 몸이라, 카페라는 공간 자체가 나에게는 작은 도전이었다.

하지만 어느 순간, 나는 '도망만 다니기엔 내 인생이 너무 아깝다'라는 생각이 들었다. 그래서 결심했다. 커피 대신, 따뜻한 차 한 잔이라면… 괜찮지 않을까?

그래서 어느 화창한 오후, 가까운 골목 카페 앞에서 나는 몇 번을 서성였다. 들어갈까 말까, 나를 밀어내는 공황과 나를 살리고 싶은 마음이 실랑이를 벌이던 순간. 이미 카페 문을 조심스럽게 열던 그 순간의 나의 손의 떨림이 아직도 기억난다.

카페 내부는 고요했고, 창가에는 햇빛이 테이블을 가만히 쓰다듬고 있었다. 심장이 두근거리긴 했지만 나는 숨을 한 번 깊게 들이쉬고, 우선 가장 구석 자리로 향했다.

누군가가 나를 보지 않을 것 같은, 나만의 작은 섬 같은 자리로 발길을 옮겼다.

자리에 앉자마자 메뉴판을 확인했다. 커피 항목을 빨리 지나쳐, 따뜻한 캐모마일 차에 시선을 고정했다.

'그래, 이것이라면 괜찮아. 내 심장이 놀라지 않을 거야.'

따끈한 찻잔을 테이블에 놓는 순간, 나는 마치 작은 선물을 받은 것 같았다. 하얀 김이 위로 천천히 올라가고, 예쁜 잔을 감싸고 있자니 그 따뜻함이 손끝에서 가슴까지 번져왔다. 나는 그 자리에서 오래도록 차를 바라보기만 했다. 마시기 전부터 이미 위로가 되고 있었다.

차를 한 모금 마시자, 몸이 아주 천천히 녹아내렸다. 불안하던 심장도 조금 속도를 늦추고 나의 호흡도 길어졌다. 찬물처럼 확 진정되는 게 아니라, 작은 모닥불 앞에 앉아 스스로의 온기가 조금씩 살아나는 그런 느낌. 그 순간 나는 깨달았다.

'혼자 카페에서 차 한 잔을 마시는 것', 그건 누군가에게는 아무것도 아닐지 몰라도 나에게는 아주 큰 용기였다. 누가 대신해줄 수도 없고. 누가 대신 걸어줄 수도 없는, '내 마음으로 가는 길'을 나는 내

두 발로 걸어 들어갔다.

차가 반쯤 남았을 때, 창밖을 보며 나는 살짝 미소를 지었다. 공황이 아직 내 옆에 있지만 그래도 나는 내가 원하는 삶을 향해 오늘도 한 걸음씩 나아가고 있다. 이 작은 한 잔이 나를 더 우아하게 만들고, 조금씩 자유롭게 만들고 있다는 것을 나는 분명히 느꼈다.

카페 문을 열고 밖으로 나왔을 때, 하늘은 더 맑아 보였다. 나는 속으로 조용히 말했다.

'괜찮아. 오늘 드디어 해냈어.'

그리고 그날 이후, 카페에서 마시는 따뜻한 차 한 잔은 내가 나에게 주는 작은 선물이다. 불안을 안고 있는 나지만, 그래도 나는 이렇게 오늘도 한걸음 더 발전된 모습으로 살아간다.

공황장애?
어쩌라고?

난 오늘도 나를 위한 따뜻한 차 한 잔을, 용감하게 혼자서 아주 우아하게 마실 거야. 오늘도 마음근육 하나가 더 단단해졌다.

제34화

놓아주는 용기

우아함은 때로는 '놓아주는 용기'에서 온다. 엄마의 오래된 집 뒤편에는 늘 조용히 숨어 살던 들고양이들이 있었다. 나는 평생 동물을 좋아하는 사람이 아니었다. 다가오는 털 한 줌에도 몸이 굳어지고, 고양이의 눈동자가 마주치면 이유 없이 겁이 났다. 그런 내가 사료 봉지를 들고 고양이들을 찾는 일을 나 자신도 놀랄 일이었다.

주말 아침, 작은 종지에 사료를 나누어 담아 집 뒤 텃밭으로 향했다. 나의 발소리에 풀숲이 살짝 흔들리면 아기 고양이들이 조심스레 모습을 드러냈다.

서로를 밀어내지도 않고, 나를 향해 달려오지도 않고, 그저 "괜찮을까?" 하는 표정으로 가만히 나를 바라보던 열 쌍의 눈빛과 그들의 조심스러움이 오히려 내 긴장을 풀어주었다. 이 작은 생명들을 지켜주는 시간이 생각보다 나를 단단하게 만들고 있었다. 그래서 어느 날, 나는 용기를 조금 더 냈다.

'길고양이가 아니라, 엄마와 나의 반려묘가 되면 어떨까?'

그렇게 마음 한쪽이 미세하게 움직였다. 하지만 세상은 내 마음과 다르게 흘렀다. 먼저 몸이 반응했다. 고양이가 털을 털고 지나간 자리만 스쳐도 목이 간질거리고 눈까지 붓기 시작했다. 밤이 되면 숨이 답답해 가슴을 두드리며 잠을 청하는 날도 생겼다.

엄마 동네 사람들의 말도 이어졌다. "길고양이 땜에 밤에 잠을 못 자요.", "아이고 똥 냄새가 마을 입구에 진동을 해요." 부녀회장이 엄마 집에 찾아왔다.

"털이 날려서 우리 손주가 알러지로 힘들어요. 제발 고양이 먹이 좀 그만 주세요."

이 말들이 나를 비난하려는 의도는 아니었겠지만, 작은 바늘처럼 내 가슴에 툭툭 박혔다. 특히 공황을 겪는 내게는 그 작은 말들도 나의 마음을 무겁게 했다.

그래서 나는 결국 다시 조용히 마음을 내려놓았다. 아기 고양이 열 마리를 반려묘로 데려오려던 다짐을 오히려 더 큰 용기로 접기로 했다. 그 대신 다른 길을 선택했다. 나는 열 마리 고양이가 스스로 살아갈 수 있는 환경을 마련해주는 쪽을 택했다. 그들의 길을 막지 않고, 그들을 필요 이상으로 품지 않고, 그들의 방식대로 살도록 도와주는 선택이었다.

사료 종지를 조금씩 멀리 두고, 고양이들이 나에게 기대지 않도록 천천히 거리를 두었다. 처음에는 미안했다. 내가 그들을 버리는 것 같아 마음이 쓰렸다. 하지만 고양이들이 하나둘 새로운 둥지를 찾아 떠나는 걸 보면서 나는 알았다. 이건 이별이 아니라, 고양이들의 독립을 도와주는 보람 있는 일이었다.

가끔 멀리서 고양이들이 나를 보는 듯한 눈빛을 느낄 때면, 한때 서로의 눈빛을 마주하던 시간이 떠올랐다. 그 따뜻한 순간들은 내가 누구를 소유하지 않아도 충분히 존재할 수 있다는 사실을 알려주었다.

열 마리의 고양이는 떠났고, 사료 그릇은 텃밭 한구석에 조용히 놓여 있다. 누군가를 사랑하는 방식은 꼭 데려와야만 하는 것도, 품어야만 하는 것도 아니라는 것을 나는 이제 안다. 때로는 놓아주는 것이 가장 필요한 보호라는 걸, 나는 알게 되었다.

나는 오늘 또 하나의 마음근육을 키웠다. 누군가의 삶을 간섭하지 않고, 나의 우아함을 지키면서, 그리고 서로에게 남아 있던 작은 따뜻함을 흐트러뜨리지 않으면서 말이다.

제35화

나비를 등기로 보내다

신춘문예에 도전하겠다고 마음먹은 건 매해의 작은 의식이었다. 누군가는 새해 첫날 떡국을 먹고 한 해를 시작하지만, 나에게는 종이봉투 하나를 우체국 창구에 맡기는 일이 그랬다. 그동안 등불처럼 켜놓았던 글쓰기는 늘 내 안에서 조용히 타올랐다가 사그라졌고, 다시 불씨를 살리기를 반복했다.

올해는 달라졌다. 문을 두드릴 곳이 서서히 줄어들어 이제는 농민신문 하나만 남았다는 소식을 들었을 때, 가슴 한편에서 이상한 긴장감이 번졌다. 줄어든 기회가 오히려 내 안의 결의를 단단하게 만들었다.

"남은 자리 하나에 내 나비를 올려보자."

그렇게 나는 '나비'라는 제목의 단편소설에 매달렸다. 다섯 달의 시간은 길게 느껴지기도, 짧게 느껴지기도 했다. 아침마다 찻잔을 들고 노트를 펼치고, 낮에는 문장들을 수선하듯 다듬고, 밤이면 내게 남은 불안을 밀줄 긋듯 다시 읽었다. 나비의 날갯짓을 어떻게 그릴지, 그 한 번의 접힘과 펼침에 어떤 색을 담을지, 쉽사리 만족이 오지 않아 계속 고치는 일이 반복되었다.

어떤 날은 자기연민에 젖어 펜을 멈췄고, 어떤 날은 단 한 문장에 울컥해 끝까지 붙들고 있었다. 그 모든 날들이 쌓여 드디어 하나의 작품이 되었고, 작품은 어느덧 나의 작은 아이가 되었다. 손때 묻은 원고를 봉투에 넣을 때의 떨림은 늘 나를 행복하게 만들었다.

11월 초, 나는 우체국 앞에 섰다. 등기 접수창구에 봉투를 건네며 직원의 확인 도장을 기다리는 그 순간, 나는 문득 이 모든 과정 자체가 나의 마음근육을 키운다는 사실을 느끼게 되었다. 결과가 어떻든, 나의 손으로 쓴 글이 한 통의 등기우편으로 세상에 닿았다는 사실이 먼저였다. 우체국 문을 나서며 나는 소리 내어 웃었다. 그 웃음은 약간의 초조함과 약간의 희망이 섞인, 묵직한 안도의 웃음이었다. 이제 기다림이 남았다. 발표는 2026년 1월 1일, 새해 첫날이다. 날짜를 일기장에 손으로 써 넣어보니 시간이 더 또렷해진다. 그날이 오면 심장은 빠르게 뛸 것이고, 손도 떨릴 것이다. 그러나 나는 알고 있다. 응모결과가 내 삶엔 아무 영향도 미치지 못하리라는 것을, 나는 이미 쓰는 동안 마음이 훌쩍 성장했고, 그 과정은 아무도 빼앗아갈 수 없다.

기대감이 온몸을 흔들어도 괜찮다. 두려움이 미세하게 기어들어와도 괜찮다. 나는 오늘도 내가 보낸 '나비'를 생각한다. 바람을 타고, 혹은 바람에 눌리기도 하며, 어딘가로 날아가고 있는 나의 작은 용기. 마치 나비 같지 않은가?

　응모 결과가 나를 기쁘게 하든, 아니면 잠시 상념에 머물게 하든, 나는 이미 충분히 용감했다.

　종이 위에 남긴 문장들, 새해 첫날을 향한 이 묵직한 기다림도 모두 나의 도전이며, 나의 마음근육을 튼튼하게 다져준다. 그리고 만약 누군가 묻는다면 나는 웃으며 말할 것이다.

　"나는 나의 나비를 떠나보냈고, 이제 그 나비가 날아오를 날만 기다리고 있답니다."

제36화

카페 알바를 시작하다

작년에 있었던 일이다. 예순둘, 나는 다시 처음이 되었다. 세상은 나더러 조용히 물러서도 된다고 말하는 나이지만, 나는 오히려 한 걸음을 앞으로 내디뎠다.

'뷰티풀' 카페에서의 첫 알바이다. 간판을 처음 보았을 때, '내 인생도 이렇게 아름답던 시절이 있었잖아. 나도 다시 그 시절로 돌아갈 수 있을까?' 하는 기대감이 은근히 피어올랐다.

카페 문을 열자마자 제일 먼저 나를 반긴 건, 야무지게 머리를 묶은 여자 매니저님의 밝은 미소였다. 손님 응대도, 음료 제조도, 말투도 군더더기가 없어서 '아, 젊음이라는 게 이런 거구나' 싶었다. 그 따뜻하고 반듯한 에너지에, 첫날부터 괜히 마음이 든든해졌다. 이 카페는 2층으로 올라가면 작은 갤러리가 있었는데, 손님들에게는 커피가 목적이었다면, 나에게는 그 작품 감상이 덤이었다. 누군가는 커피 향을 맡고 쉬어가고, 나는 그림 앞에서 잠시 마음을 내려놓았다. 작품 사이를 스치는 바람 속에서 "그래, 다시 시작해도 괜찮아." 그런 위로를 듣는 기분이었다.

일을 시작하고 곧 알게 된 사실 하나. 뷰티풀 카페는 커피에 진심인 곳이었다. 우유가 들어가는 라테용 잔과 커피만 들어가는 커피용 잔을 닦는 수세미까지 따로 있을 정도였다.

그 작은 디테일에서 이 카페의 태도가 보였다. '내가 운 좋게 이런 곳에서 제대로 배우는 거구나.' 나는 수세미 두 개를 번갈아 가며 이곳의 '진심'을 손끝으로 익혀갔다.

하지만 초보 알바에게 가장 어려운 건 따로 있었다. 음료마다 다른 컵 이름 외우기. 라테 글라스, 콜드브루 텀블러, 디저트별 장식, 머릿속에서 컵들이 줄지어 서 있다가 어느 순간 우왕좌왕 뒤엉켜 버리곤 했다.

그리고 진짜 난관은, 2층 배달이었다. 음료 네 잔을 들고 계단을 오르는데, 팔이 바들바들 떨리고, 준비성 없는 나의 긴 스커트가 발끝을 잡아끌었다.

"아, 이대로 넘어져서 커피를 다 쏟는 건 아니겠지?"

순간 심장이 철렁했다. 예순둘의 나이에 갑자기 다리뼈가 부러져, 깁스를 하고 있는 아찔한 상상도 충분히 생생했다.

하지만 흔들리는 허리와 떨리는 손을 부여잡으며 조심스럽게 한

계단씩 올라갔다. 그날, 그 작은 성공의 순간이 나는 얼마나 뿌듯했는지 모른다.

그리고 2시간마다 돌아오는 화장실 청소. 솔직히 그건 정말 힘들었다. 도대체 사람들이 어떻게 이렇게 짧은 시간 안에 이렇게 다양한 흔적(?)을 남기는지, 나는 정말 이해가 되지 않았다. 그러나 결국엔 그것도 '해야만 하는 일'로 받아들이게 되었다. 교직 외의 일로 돈을 번다는 게 이렇게 힘든 일이라는 걸 새삼 몸으로 배운 시간이었다.

그 모든 과정 속에서 나는 공황을 앓고 있는 '환자'가 아니라 새로운 일을 배워가는 '멋진 사람'이 되었다. 손이 떨리면 깊게 숨을 들이마시고, 불안이 올라오면 컵 닦는 리듬을 조금 더 천천히 맞췄다. 두려움이 고개를 들면 갤러리의 그림 한 점을 바라보며 마음을 가라앉혔다.

예순둘에 시작한 카페 알바는 젊음에 대한 향수도, 돈에 대한 욕심도 아니었다. 그저 내 삶이 아직 끝나지 않았음을 확인하는 의식이었다. '나는 아직 시작할 수 있는 사람'이라는 사실을 세상에도, 그리고 나 자신에게도 보여주는 시간이었다.

하루가 끝나 집으로 돌아오던 길, 손목은 아프고 허리는 뻐근했지만 마음은 오히려 더 단단하고 환해졌다.

나는 예순둘에 알바를 시작한 여자, 공황을 겪으면서도 새로운 도전 앞에서는 누구보다 우아하게 서 있는 사람이다. 오늘도 마음 근육 하나가 생겼다.

제37화

작은 인사를 먼저 건네다

산책길을 나서면 바람이 먼저 나에게 인사를 건넨다. 봄엔 흙냄새, 여름엔 풀잎의 진득한 향기, 가을엔 낙엽이 스치는 마른 소리, 겨울엔 차가운 공기가 콧속을 파고드는, 계절마다 다른 얼굴을 가진 인사들이다.

오랫동안 나는 그 인사를 일방적으로 받기만 하고 있었다. 산책길에 마주치는 사람들에게는 용기가 없어 웃음도, 말 한마디도 건네지 못했다. 공황이 어떤 날은 목소리를 빼앗아가는 것 같았고, 어떤 날은 나를 그들이 있는 세상에서 한 발짝 멀어지게 만들었다. 그러던 어느 날, 오늘도 조용히 걸으며 마음을 달래던 중, 길 건너에 한 어르신이 천천히 걸음을 옮기는 모습이 보였다. 주름진 손등이 햇빛에 비쳐 더 자세히 보였고, 모자를 꾹 눌러 쓴 모습은 어쩐지 나의 엄마 같아, 많이 외로워 보였다.

나는 잠시 고민했다. '말을 걸어도 될까? 혹시 부담스러워하지는 않을까?' 하지만 마음 한구석에서는 다른 목소리가 속삭였다. '네가 먼저 건네면, 할머니가 엄청 좋아 하실 거야. 그러면 세상이 조금은 따뜻해질지도 몰라.' 그 말에 난 용기를 내었다. 그리고 조심스럽게 인사를 건넸다.

"안녕하세요? 오늘, 산책하기 참 좋은 날이죠?"

어르신이 놀란 듯 고개를 들더니, 잠시 멈춰선 뒤 천천히 웃었다.

"그러게 말이야. 젊은 사람이 먼저 인사하니까, 참 반갑네."

그 한 마디가 내 마음의 불안을 만져주는 듯, 너무 따뜻했다. 그날 이후로 나는 산책길에서 마주치는 분들에게 조용히 "안녕하세요?"를 건넸다. 그 인사는 때로는 고개 끄덕임으로 돌아오고, 때로는 아무 반응이 없기도 했지만, 그때마다 나는 조금씩 더 용기 있는 사람이 되어 갔다.

벤치에 앉아 쉬고 있는, 나보다 연세 많은 분이 보이면, 나는 작게 포장된 사탕이나 초콜릿을 슬며시 건넸다.

"달콤한 거 좋아하시죠?"

말 한마디에 미소가 피어오르고, 짧은 대화를 나누다 보면 그분들의 인생 일부가 내 마음에 조용히 스며든다.

그러다 나에게 '산책 친구'까지 생겼다. 갑순 할머니와 필덕 할머니의 이름을 부르는 순간, 마치 오래전부터 알고 지낸 이웃 같다. 나는 그분들에게 요즘 폭풍수다를 30분이나 계속할 정도이다. 두 분은 그런 나를 꽤 예뻐해 주신다. 난 팥빵과 크림빵을, 갑순이 언니와 필덕이 언니는 찐 고구마와 옥수수를 가져와 우리는 허기를 같이 달래기도 한다. 두 분의 연세가 일흔여섯, 일흔아홉, 두 분 다 나의 친정 언니보다 나이가 많다. 어느 날, 내가 며칠 동안 비가 와서 산책을 나가지 못했던 날, 다시 길에 나서자 두 분이 벤치 옆에서 나를 보자마자 말했다.

"아이고, 동생이 어디 아픈 줄 알았지. 우리가 여기서 한참 기다렸어. 보고 싶었어. 동생은 우리가 안 보고 싶었는가?"

'보고 싶었다'는 그 말 한마디가 마치 내 안의 오래된 외로움을 포근히 감싸 안아주는 솜털 이불 같았다. 나는 그 순간 울 뻔했다. 아니, 마음속에서는 이미 눈물이 고여 있었다.

요즘은 1인 가구가 많고, 서로에게 말 한마디 건네기도 쉽지 않은 세상이지만, 산책길에서의 짧은 인사는 누군가의 하루에 작은 온기가 되고, 또 누군가가 내 삶에 작은 빛이 되어준다.

인사는 그냥 말이 아니라 마음을 건네는 일이라는 것을 나는 알게 되었다. 그리고 이제부터 산책길은 길이 아니라 마음과 마음이 이어지는 다리라는 것도 알게 되었다.

예순셋의 나는 지금도 걷는다. 계절의 냄새를 맡으며, 때로는 현기증을 느끼지만, 그러나 여전히 누군가에게 '안녕하세요?'라는 작은 인사를 먼저 건넨다. 그 용기 덕분에 내 삶에는 천사 같은 할머니 두 분의 미소가 자라고, 내 마음에는 더 넓은 세상이 들어왔다. 나는 오늘도 걷는다. 마음근육 하나가 생겨나는 소리가 들린다.

제38화

미운 그녀에게 편지를 쓰다

사람이 가장 어려워하는 일은 가까운 사람에게 자신의 마음을 열어 보이는 순간이다. 특히, 나를 오래도록 힘들게 했던 누군가에게 손을 내미는 일은 더더욱 그렇다. 그녀와의 기억은 내 마음속에 한동안 응어리처럼 남아 있었다.

새로운 학교로 옮겼을 때, 그녀도 그랬다. 나를 유난히 힘들게 했던 직장동료이자 후배. 생각만 해도 숨이 막히고 가슴 어딘가가 단단하게 굳어지던 이름이었다. 그녀를 떠올리면 굳이 다시 보고 싶지도, 다시 연락하고 싶지도 않았다. 돌아보면, 그 시절의 나는 공황이라는 그림자 아래서 더 예민했고, 더 상처받기 쉬웠던 존재였는지도 모른다.

하지만 어느 날, 문득 이런 생각이 들었다.

'용서라는 건, 상대가 달라져서가 아니라 내가 더 이상 그 감정에 머물고 싶지 않아서 하는 선택이야.'

그 순간 마음이 조용히 흔들렸다. 나는 그녀가 좋아하는 수제 초콜릿, 작은 선물 하나와 오래 고민한 손편지 한 장을 꺼내 들었다.

편지지에 내 진심을 담는 일은 생각보다 훨씬 어려웠다. 편지를 접는 손이 떨렸고, 봉투를 붙이는 순간에는 한 번 더 망설여졌다. 하지만 결국 나는 내 안의 두려움보다 조금 더 용감한 쪽을 선택했다. 그리고 그 작은 용기 하나가 택배 상자에 담겨, 아직도 학교에 근무하고 있는 그녀에게 전해졌다.

며칠 후, 나는 뜻밖의 선물을 돌려받았다. 그녀 역시 손으로 꾹꾹 눌러 쓴 편지 한 장을 선물과 함께 보내왔다. 상자를 열어보는 동안 가슴이 조용히 뜨거워졌다.

"선배님 미안했어요. 선배님 편지를 받고 많이 놀랐어요. 그리고 먼저 이렇게 손 내밀어줘서 고마웠어요. 공황은 좀 괜찮아졌어요? 편한 시간에 꼭 연락 주세요. 제가 맛있는 저녁 사드리고 싶어요. 참 선배님이 좋아하는 레드 립스틱도 하나 골라봤어요. 마음에 들면 좋겠어요."

그녀의 글씨는 서툴렀지만 진심이었고, 짧았지만 온기가 있었다. 그 편지를 읽는 순간, 황폐했던 어떤 감정의 들판에 아주 작은 새싹 하나가 돋아나는 듯했다.

나는 깨달았다. 진짜 화해는 상대가 나에게 다가오는 것이 아니라, 내가 먼저 마음의 문을 조금 열어놓는 데서 시작된다는 것을, 그리고 그 문을 연 사람이 바로 나 자신이었다는 사실이 나를 깊이 위로했다. 미움으로 얼어 있던 마음이 녹아내리며, 나는 오랜만에 스스로가 참 예쁘게 느껴졌다.

어쩌면 이번 도전은 그녀를 위한 것이 아니라, 그동안 많이 지치고 상처받았던 나를 위한 치유의 한 방법이었는지도 모른다. 누군가에게 먼저 손을 내민다는 용기는 결국, 내 안의 평화를 선택하는 가장 조용한 방식이다.

나는 오늘도 그 편지를 조용히 꺼내 읽어본다. 그리고 나에게 속삭인다.

'이건 정말 잘한 일이야. 나 참 잘했다.'

제39화

아직도 패션리더를 꿈꾼다

나는 예순세 살이 된 지금도 패션을 사랑한다. 아니, 사랑한다는 말로는 부족하다. 패션은 나에게 '나를 표현하는 가장 조용한 언어'다. 공황으로 마음이 흔들리던 날들에도, 옷 한 벌을 세심하게 고치고 다듬는 시간만큼은 언제나 숨이 고르게 돌아오고 마음이 잔잔해졌다.

대학 시절, 가난은 오히려 내 창의성을 자극했다. 아버지가 버리려던 낡은 양복 재킷을 몰래 꺼내 소매를 잘라냈다. 손끝에 바늘을 끼워 천천히 감침질을 넣다 보면, 마치 '논노' 잡지에 나오는 새로운 재킷이 완성되어 갔다. 그렇게 완성한 재킷은 짧은 반바지와 찰떡같이 잘 어울렸고, 날 보던 대학 친구들의 말은 늘 같았다.

"너, 옷 정말 잘 입는다."

오빠의 오래된 티셔츠도 예외가 아니었다. 나는 키가 겨우 150cm 이지만, 오빠는 180cm에 가까운 거인이었다. 티셔츠의 바랜 소매 와 밑단을 가위로 과감하게 잘라내고, 삐져나오는 실올을 그대로 두어, 빈티지 원피스로 변신시켰다. 원피스에 빨간색이나 짙은 초록색 스타킹을 코디하면 끝이다. 톰보이 브랜드가 한창 유행이던 시절, 친구들은 결국 나에게 물어볼 수밖에 없었다.

"야, 그거 톰보이 거야?"

나는 그저 노코멘트로 미소만 지었다. 패션은 누가 만든다고 완성되는 게 아니라, 누가 입느냐로 완성된다는 걸 그때 이미 알고 있었다. 난 키가 작고, 썩 예쁜 얼굴은 아니었지만, 그 누구보다 패션만큼은 자신이 있었다. 아버지를 도와주느라 세탁소에서 보낸 시간이 결코 헛된 시간만은 아니었다.

세월이 흘러 예순을 넘긴 지금도 나는 여전히 리폼을 한다. 남편의 낡은 셔츠, 아들의 헐렁한 옷, 오래된 옷이 내 손끝에서 다시 살아나는 순간, 나는 나이와 상관없이 '패션 리더'가 된다.

언젠가 들었다. 옷 한 벌을 만드는 데 어마어마한 양의 물이 필요해 환경오염이 많이 된다고. 그 말을 듣는 순간 조금 부끄러웠다. 그래서 앞으로의 멋은 새 옷에서 찾지 않겠다고 나는 결심했다. 이미내 곁에 있는 오래된 나의 옷과 가족의 옷으로도 충분히 우아해지기로. 리폼은 단순히 옷을 다시 쓰는 일이 아니다. 마음의 근육을 천천히 키우는 작업이다. 무언가를 버리지 않고 다시 살려내는 경험은, 나 자신을 함부로 대하지 않는 연습이 되기도 한다.

'아, 나는 아직 쓸모 있다. 나는 다시 태어날 수 있다.'

낡은 천이 속삭여주는 그 메시지에, 내 마음도 함께 밝아진다. 나는 여전히 패션을 꿈꾸는 사람이다. 남들이 보기엔 별것 아닌 옷 한 벌일지 몰라도, 그것을 내 손으로 다시 빛나게 만드는 과정 속에서 나는 '우아하게 살아가는 나'를 다시 만난다. 그리고 그것이면 충분하다. 오늘도, 내 마음의 근육은 그렇게 또 단단해진다.

제40화

상처를 꺼내다

세상에는 완전하게 잊힌 줄 알았는데, 사실은 마음속에서 계속 자라고 있던 인연이 있다. 38년 만에 다시 만난 나의 제자가 그런 인연이었다. 첫 발령지, E 중학교에서 담임을 맡은 반에 있던 소년, 자그마한 체구에 눈이 유난히 반짝이던 학생이었다. 그날, 카페 문을 열고 들어오는 제자의 얼굴을 보는 순간, 나는 오래된 교실 한쪽에서 작게 몸을 웅크리고 있었던 그 소년의 눈빛이 다시 떠올랐다. 풍족하지 않은 집안 사정 속에서도, 미래의 작은 빛을 향해 끝까지 손을 뻗으려 하던 그 아이. 나는 그때도 그 아이가 언젠가 잘 될 것이라 믿었다.

하지만 이렇게 다시 마주하게 될 줄은 몰랐다. 그 아이는 이제 훌쩍 자라, 세상을 겨우겨우 버티던 시절을 지나 자기만의 삶을 일구

어낸 멋진 어른이 되어 고맙게도 먼저 나를 찾아 주었다. 차분한 미소, 단단한 어깨, 여전히 깊은 눈동자. 나는 기뻤다. 그리고 동시에 이상할 정도로 마음이 흔들렸다.

'나는, 어떤 모습으로 이 아이에게 기억되고 있을까?'

원래는 웃으며, 당당하게, 선생님으로서 멋진 근황만 들려주며, 깔끔하게 헤어지려 했다. 공황 사실도, 힘들었던 어린 시절도 말하지 않고 묻어둘 생각이었다. 그 아이의 기억 속 나는 언제나 강하고 씩씩하고 유쾌하고 부유한 선생님으로 남고 싶었다.

하지만 사람이란, 마음이 맞닿는 순간 숨겨두었던 문들이 저절로 열리는 법이다. 따뜻한 차 한 잔 앞에 앉아, 그 아이가 조용히 자신의 지난 삶을 이야기하는데, 나는 갑자기 숨이 막힌 듯 마음 한쪽이 울컥했다. 그 아이 역시 쉽지 않은 길을 걸어왔다는 사실, 가난, 아픔, 실패와 재도전, 어쩌면 나보다 더 깊은 외로움들. 그리고 신경 정신과도 잠시 다녔다고 한다.

"선생님, 제 누나가 선생님과 동갑이에요. 저의 누나는 집이 어려워 아주 어린 나이에 공장에 갔어요. 선생님 집은 부자겠네요? 그래서 중학교 시절, 담임이었던 선생님을 보며, 우리 누나가 너무 불쌍했어요."

그 이야기를 듣는 순간, 나는 더는 선생님이라는 이름 뒤에 숨을 수 없었다.

나의 입술이 저절로 열렸다. 그동안 그 어떤 제자에게도 말하지 못했던 내 집안의 어려움, 공황으로 무너졌던 순간들, 엄마에 대한 그리움으로 밤마다 울던 어린 시절, 나는 마음속의 상처들을 조용히 꺼내놓았다. 쏟아놓고 나니, 갑자기 얼굴이 화끈거릴 정도로 부끄러웠다.

나를 진심으로 존경해주는 제자 앞에서 너무 많은 약함을 보여준 것 같아 크게 후회가 되었다. 그런데 그때, 제자가 아주 천천히 고개를 들었다. 그리고 나지막한 목소리로 말했다.

"선생님, 저는 오늘 처음으로 선생님이 저와 같이 가난하고 힘든 시절을 걸어 왔다는 것을 알았어요. 그리고 저처럼 신경정신과 도움을 받고 있다는 사실도 너무 놀랍습니다. 근데, 이전보다 마음이 더 가까워지네요. 이제 선생님이 뭔가 더 편안해요."

순간, 내 가슴이 뭉클했다. 제자의 말은 나의 과거를 부끄러운 것이 아니라, 누군가에게 닿을 수 있는 '이해의 언어'로 바꾸어 주었다.

그날 이후 우리는 스승과 제자의 관계를 넘어서 서로의 인생을 응원하는 사람으로 남았다. 가끔은 내가 위로를 받고, 가끔은 내가 그 아이를 다독여 주기도 한다. 38년의 시간이 우리 사이를 멀어지게 한 것이 아니라 더 가까이 데려다 놓은 셈이다.

누군가에게 마음을 연다는 것은, 특히 제자에게 마음을 털어놓는다는 것은 약함이 아니라 용기라는 것. 그리고 그 용기가 오래전 헤어진 인연을 다시 깊게 이어주는 작은 끈이 되어 주었다. 그 아이에게 나의 상처를 털어놓는 도전은 나의 마음근육 하나를 다시 단단하게 해주었다.

사람이 사람의 마음을 구원하는 순간은 늘 이렇게 뜻밖에, 그리고 이렇게 아름답게 찾아온다.

『여인』
아메데오 모딜리아니 작품 '젊은 여인'을 모사하면서 하루하루 공황을 이겨냈다.

이 책은 제가 20년 넘게 공황장애와 함께 살아오며 느꼈던 하루 하루의 기록입니다.

저는 공황을 극복의 대상으로만 보지 않았습니다. 오히려 공황이 저의 삶에 던진 질문에 하나씩 대답하면서, 불안에 쫓기지 않고 조금씩 앞으로 나아가던 날들의 느낌과 그날의 풍경, 가족의 사랑을 담담하게 적었습니다.

예고 없이 찾아오는 불안, 이유 없는 두근거림, 삶이 멈춘 듯한 공포 속에서도, 저는 의사 선생님의 공감과 같은 공황을 겪고 있는 후배 교사, 그리고 저를 아껴주는 친구의 조언에 힘입어 조금씩 저의 삶을 다시 정리해 나갔습니다.

커피를 차로 바꾸고, 하루 한 시간의 산책을 하고, 소설을 쓰고 그림을 그리며 저만의 루틴을 새로 만들어 제 마음을 다독이는 일을 묵묵히 실천해 왔습니다.

그렇게 이어진 일상 속에서 공황은 점차 '두려움'이 아닌 '이해의 대상'으로 바뀌어 갔습니다.

예순셋이 된 지금도 4주에 한 번씩 약물치료와 상담을 병행하지만, 사랑하는 가족과 함께 일상을 행복하고 우아하게 살아가고 있습니다.

이 에세이는 지금 불안의 한가운데에 서 있는 독자에게는 작은 공감이 되기를, 이미 긴 시간을 지나온 이들에게는 조용한 위로가 되기를 바라는 마음으로 쓰였습니다.

불안 속에서도 끝내 자신을 잃지 않으려 애써온 저의 진솔한 삶의 고백이 당신의 오늘에 가만히 닿기를 바랍니다.

난 칠리레드 오픈카를 살 거야

공황과 함께 살아도 미래를 꿈꾸는 법

발행일 2026년 3월 10일

지은이 김정순
펴낸이 마형민
기획 페스트북 편집부
편집 곽하늘 강채영 김예은
디자인 김안석 표진아
펴낸곳 주식회사 페스트북
주소 경기도 안양시 동안구 관악대로 488
홈페이지 festbook.co.kr

ISBN 979-11-6929-997-8 03810
값 17,000원